Da etnomatemática a arte-design e matrizes cíclicas

COLEÇÃO TENDÊNCIAS EM EDUCAÇÃO MATEMÁTICA

Da etnomatemática a arte-design e matrizes cíclicas

Paulus Gerdes

autêntica

Copyright © 2010 Paulus Gerdes

COORDENADOR DA COLEÇÃO TENDÊNCIAS EM EDUCAÇÃO MATEMÁTICA
Marcelo de Carvalho Borba – gpimem@rc.unesp.br

CONSELHO EDITORIAL
Airton Carrião/Coltec-UFMG; Arthur Powell/Rutgers University; Marcelo Borba/UNESP;
Ubiratan D'Ambrosio/UNIBAN/USP/UNESP; Maria da Conceição Fonseca/UFMG.

PROJETO GRÁFICO DE CAPA
Diogo Droschi

EDITORAÇÃO ELETRÔNICA
Idea info Design
Tales Leon de Marco

REVISÃO
Dila Bragança de Mendonça

Revisado conforme o Novo Acordo Ortográfico.

AUTÊNTICA EDITORA LTDA.

Rua Aimorés, 981, 8° andar. Funcionários
30140-071. Belo Horizonte. MG
Tel: (55 31) 3222 68 19
TELEVENDAS: 0800 283 13 22
www.autenticaeditora.com.br

Dados Internacionais de Catalogação na Publicação (CIP)
(Câmara Brasileira do Livro, SP, Brasil)

Gerdes, Paulus
    Da etnomatemática a arte-design e matrizes cíclicas / Paulus Gerdes.
-- Belo Horizonte : Autêntica Editora, 2010. -- (Tendências em Educação
Matemática, 19)

    Bibliografia.
    ISBN 978-85-7526-477-5

    1. Cultura - África 2. Etnomatemática 3. Matemática - Estudo e ensino
4. Matemática - Formação de professores 5. Sociologia educacional I.
Título. II. Série.

10-05812   CDD-510.7

Índices para catálogo sistemático:
1. Etnomatemática : Matemática : Estudo e ensino 510.7

Nota do coordenador

Embora a produção na área de Educação Matemática tenha crescido substancialmente nos últimos anos, ainda é presente a sensação de que há falta de textos voltados para professores e pesquisadores em fase inicial. Esta coleção surge em 2001 buscando preencher esse vácuo, sentido por diversos matemáticos e educadores matemáticos. Bibliotecas de cursos de licenciatura, que tinham títulos em Matemática, não tinham publicações em Educação Matemática ou textos de Matemática voltados para o professor.

Em cursos de especialização, mestrado e doutorado com ênfase em Educação Matemática ainda há falta de material que apresente de forma sucinta as diversas tendências que se consolidam nesse campo de pesquisa. A coleção "Tendências em Educação Matemática" é voltada para futuros professores e para profissionais da área, que buscam de diversas formas refletir sobre esse movimento denominado Educação Matemática, o qual está embasado no princípio de que todos podem produzir Matemática, nas suas diferentes expressões. A coleção busca também apresentar tópicos em Matemática que tenham tido desenvolvimentos substanciais nas últimas décadas e que se possam transformar em novas tendências curriculares dos ensinos fundamental, médio e universitário.

Esta coleção é escrita por pesquisadores em Educação Matemática, ou em dada área da Matemática, com larga experiência docente, que pretendem estreitar as interações entre a Universidade que produz pesquisa e os diversos cenários em que se realiza a Educação. Em alguns livros, professores se tornaram também autores! Cada livro indica uma extensa bibliografia na qual o leitor poderá buscar um aprofundamento em certa Tendência em Educação Matemática.

Neste livro o leitor encontra uma cuidadosa discussão e diversos exemplos de como a matemática se relaciona com outras atividades humanas. Para o leitor que ainda não conhece o trabalho de Paulus Gerdes, esta publicação sintetiza uma parte considerável da obra desenvolvida pelo autor ao longo dos últimos 30 anos. E para quem já conhece as pesquisas de Paulus, aqui são abordados novos tópicos, em especial as matrizes cíclicas, ideia que supera não só a noção de que a matemática é independente de contexto e deve ser pensada como o símbolo da pureza, mas também quebra, dentro da própria matemática, barreiras entre áreas que muitas vezes são vistas de modo estanque em disciplinas da graduação em matemática ou do ensino médio.

Marcelo de Carvalho Borba*

---

* Coordenador da Coleção "Tendências em Educação Matemática", é Licenciado em Matemática pela UFRJ, Mestre em Educação Matemática pela UNESP, Rio Claro/SP, e doutor nessa mesma área pela Cornell University, Estados Unidos. Atualmente, é professor do Programa de Pós-Graduação em Educação Matemática da UNESP, Rio Claro/SP. Por curtos intervalos de tempo, já fez estágios de pós-doutoramento ou foi professor visitante nos Estados Unidos, Dinamarca, Canadá e Nova Zelândia. Em 2005 se tornou livre docente em Educação Matemática. É também autor de diversos artigos e livros no Brasil e no exterior e participa de diversas comissões em nível nacional e internacional.

Sumário

Prefácio

Em 1988 conheci Paulus Gerdes, quando ele visitou o Programa de Pós-Graduação em Educação Matemática da UNESP de Rio Claro. Era aluno da primeira turma do mestrado – o único naquela época na América do Sul – e ouvi atentamente suas análises sobre etnomatemática algumas vezes. Senti-me honrado com o fato de ele ter feito uma análise crítica de minha dissertação de mestrado, que foi a primeira desenvolvida no Brasil utilizando a noção de etnomatemática. Chamava-me a atenção como ele "fazia" a matemática se mesclar com a cultura e, em particular, com a cultura de diversos povos da África. Tendo sido militante do movimento secundarista e universitário, era ainda mais tentadora a forma como ele trabalhava matemática com forte conteúdo político. Político com "P" maiúsculo, no sentido freiriano de transformação de diálogo. Paulus Gerdes é um dos responsáveis por pensar um novo currículo para a formação de professores de Matemática em Moçambique após a independência em 1975. No processo de independência, o novo governo teve, também, de lidar com a "guerra de desestabilização" movida pelo então regime racista da África do Sul. O novo governo de Moçambique tinha o desejo de que o currículo ajudasse na elevação da autoestima dos estudantes.

Gerdes e seus colegas aceitaram o desafio de elaborar um currículo que fosse matematicamente robusto e impregnado de raízes africanas. Esse currículo, voltado para a formação de professores de Matemática, pode ter também influenciado a educação dos professores leigos em um país que sofria com a falta de professores. Ainda era possível termos alunos do sexto ano que, além de serem aprendizes, tinham de ensinar aos do quinto, assim como os do sétimo tinham que ensinar aos do sexto, etc., dada a falta total de professores.

Em 1998 estive em Moçambique, e Paulus lá não se encontrava. Ele estava terminando um estágio sabático nos Estados Unidos; cerca de dois anos buscando novas ideias, ministrando cursos e também divulgando os trabalhos que envolviam currículo e etnomatemática, cuja fração pode ser encontrada no presente livro. Pude constatar que Moçambique era um país ainda muito sofrido por causa da guerra vivenciada anteriormente, mas já com uma nova geração de educadores matemáticos que levavam à frente o projeto de formar professores e cientistas com consciência dos problemas atuais enfrentados pela África. Pude atestar que Paulus tinha conseguido fincar raízes na ideia de desenvolver matemática de qualidade entremeada com a cultura africana, mesmo não estando lá presente por um período.

Que ótimo que tenhamos o problema das sete pontes relacionado a uma cidade europeia. Mas que maravilha que tenhamos, com trabalhos como os de Paulus, geometria de qualidade associada a desenhos de areia em Angola e à confecção de cestos em Moçambique. Que ótimo que possamos ver teoria dos números, noções de álgebra linear e geometria associadas às produções culturais realizadas por mulheres de diversos povos da África.

Matrizes cíclicas, ideia desenvolvida neste livro, não só supera a noção de que matemática é independente de contexto e deve ser pensada como o símbolo da pureza, mas quebra, dentro da própria matemática, barreiras entre áreas que muitas vezes são vistas de modo estanque em disciplinas da graduação em Matemática ou do ensino médio.

No presente livro, o leitor poderá encontrar diversos exemplos, além de uma cuidadosa discussão sobre como esses exemplos se relacionam com outras atividades humanas. Para o leitor que ainda não conhece o trabalho de Paulus Gerdes, este livro sintetiza uma parte considerável da obra desenvolvida por ele ao longo dos últimos 30 anos. Esse leitor poderá encontrar várias outras obras do autor em bibliotecas como a da UNESP ou na minha própria sala! (Ou na internet: <http://stores.lulu.com/pgerdes>.) São livros raros, alguns deles com tiragens pequenas ou já esgotadas. O leitor que já conhece as pesquisas de Paulus poderá ver como ele organiza agora seu trabalho e os novos tópicos abordados, em especial as matrizes cíclicas.

Marcelo C. Borba
Maio de 2010

Introdução

Gostaria de agradecer a Marcelo Borba o convite de compor este livro. Digo 'compor' e não 'escrever'. De fato, o livro *Da etnomatemática a arte-design e matrizes cíclicas* é uma palestra realizada sentado em frente do computador, pensando nos(as) leitores(as), desviado, às vezes, pelo teclado e écran. Um convite para compor um livro para um público amplo, de professores, de alunos de graduação e de licenciatura, e pós-graduandos. Um convite para elaborar um livro sobre matrizes cíclicas, conectando-o com a etnomatemática, ligando-o também com outros livros da coleção "Tendências em Educação Matemática".

Um convite estimulante e um desafio agradável.

Resolvi apresentar os temas deste livro na forma de fragmentos semiautobiográficos. É para poder falar com mais entusiasmo, com mais vida, sobre uma disciplina que tantas vezes parece um 'bicho de sete cabeças' para tantos jovens, homens e mulheres. Tive a imensa sorte de poder ter vivido em várias culturas, de poder ter bebido inspirações diversas, de poder ter tido a oportunidade de estudar e analisar variados contextos em que ideias matemáticas nascem e se desenvolvem. As culturas mutuamente se fertilizam e se enriquecem.

Em diversos ambientes culturais, em todos os continentes, mulheres e homens têm sentido um imenso prazer em decorar objetos, em criar formas e padrões. Um prazer artístico-matemático. Prazer este que tantas vezes na educação matemática tem tão pouca chance de brotar nos(as) alunos(as)... É este prazer que eu gostaria de fazer sentir aos(às) leitores(as).

Conto o livro em pequenos capítulos. Inicio o meu périplo descrevendo o contexto sociocultural-político-educacional em que o interesse numa pesquisa etnomatemática emergiu em Moçambique, no final da década de 1970/80, na tentativa de enraizar a formação de professores de Matemática. Visitando várias culturas atuais e históricas, desde as Tonga e Makwe em Moçambique e as Cokwe em Angola, descobriremos curvas belas, que se relacionam com outras curvas traçadas por artesãos egípcios e célticos e mulheres do Sul da Índia, levando-me à descoberta de curvas-de-espelho. Ao analisar essas curvas-de-espelho, inventei vários tipos de *design*, e passando por fractais e mosaicos, inspirado pelas minhas filhas, descobri inventando[1] outros padrões e matrizes cíclicas, com tantas lindas propriedades. Convido o(a) leitor(a) a seguir-me nesta viagem de aventuras inesperadas. Numa primeira leitura, pode-se 'saltar' os capítulos intitulados de 'interlúdio' e as seções apelidadas de 'extra', mas convido o(a) leitor(a) a refletir sobre todo o texto e a debruçar-se sobre as várias questões colocadas e atividades apresentadas ao decurso do livro.

Agradeço a todas e a todos que me inspiraram a realizar os meus sonhos de pesquisador e educador. Agradeço a Dalila Cunha, diretora dos serviços de informação e documentação da Universidade Pedagógica, a revisão linguística da primeira versão do livro. Um agradecimento especial vai para Ubiratan D'Ambrosio pelo posfácio.

Paulus Gerdes

---

[1] Se se trata duma 'descoberta' ou duma 'invenção', constitui, em parte, uma questão filosófica. Para uma análise de algumas questões filosóficas da educação matemática, vide Bicudo e Garnica, 2001.

Capítulo I

Etnomatemática e a formação de professores

O nosso amigo brasileiro, Ubiratan D'Ambrosio, é considerado internacionalmente o 'pai da etnomatemática', fundador de todo um programa profundo de reflexão sobre e de pesquisa do desenvolvimento de ideias matemáticas nos mais diversos contextos históricos, culturais e educacionais, pai da reflexão sobre as "raízes sócioculturais da arte ou da técnica de explicar e conhecer" como era o subtítulo do seu primeiro livro *Etnomatemática* (1987). O seu livro posterior *Etnomatemática – Elo entre as tradições e a modernidade* consta nesta coleção "Tendências em Educação Matemática" da Autêntica Editora (2000).

Numa palestra na conferência em honra do 65° aniversário do Ubiratan, realizada na cidade de Baltimore (EUA) em Janeiro de 1998, denominei-me um 'filho da etnomatemática', considerando a também presente Claudia Zaslavsky (1917-2006), autora do livro já clássico *África Conta: Número e Padrão nas Culturas Africanas* (1973), a 'mãe da etnomatemática.' Nesse livro, ela utilizava a expressão de sociomatemática, expressão esta que Ubiratan também usou, em 1976, num artigo na revista *Ciência e Cultura*. É deste período que data a nossa amizade, quando Ubiratan nos visitou, em 1978, em Moçambique, no contexto duma missão da UNESCO. Nesse ano, eu tinha avançado com a proposta do projeto de pesquisa

Conhecimentos matemático-empíricos das populações bantu[2] de Moçambique, embrião do posterior projeto de "Etnomatemática em Moçambique".

Em que contexto surgiu essa proposta e projeto de "Etnomatemática em Moçambique"? Após uma luta de libertação de onze anos, Moçambique se tornou independente de Portugal, em 1975. Naquela altura não havia nem uma meia dúzia de professores moçambicanos qualificados de Matemática para o ensino secundário. Em 1977, iniciou-se na então única universidade[3] do país o programa de formação de professores para o ensino secundário. Tive a honra de fazer parte da equipe internacional de docentes do primeiro curso de formação de professores de Matemática.

Começámos com vinte estudantes. Eles aspiravam tornar-se médico, economista, engenheiro ou advogado..., exercer profissões que durante o tempo colonial não eram 'acessíveis' à grande maioria dos moçambicanos. Na euforia da Independência e encorajados pelo discurso político daquela época, os estudantes aceitaram, no entanto, tendo em vista as prioridades nacionais, serem professores por algum tempo. Contudo, quase nenhum estudante gostava da Matemática. A Matemática parecia-lhes uma disciplina *esotérica*, pouco interessante, e *pouco útil* para o desenvolvimento do país. A Matemática parecia-lhes ser ensinada para ter um *mecanismo de seleção* dos alunos, um baluarte utilizado no tempo colonial para impedir que os alunos moçambicanos progredissem nas escolas – havia estudantes que contaram como eram espancados nas mãos com um pau, na escola primária colonial, se não conhecessem bem de cor, em Português, as tabuadas de multiplicação. A Matemática parecia aos estudantes,

---

[2] Os povos bantu constituem um conjunto de aproximadamente 150 milhões de Africanos, falantes de 450 línguas e variantes dialetais que vivem entre os Camarões, Quênia setentrional e a África do Sul. Ver Obenga (1985).

[3] Em 1976, a "Universidade de Lourenço Marques", criada para os filhos dos colonos, tinha sido transformada em Universidade Eduardo Mondlane. O antropólogo Eduardo Mondlane (1920-1969) foi o primeiro moçambicano doutorado, fundador (1962) e primeiro presidente da Frente de Libertação de Moçambique, assassinado em 1969.

ainda por cima, uma disciplina estranha, cheia de termos gregos, importada da Europa, e sem raízes na sociedade e culturas moçambicanas. É esta a imagem que os estudantes tinham da Matemática ao começarem o primeiro curso de formação de professores de Matemática – obviamente que ninguém queria ser professor duma disciplina tão horrenda.

O corpo docente internacional do curso estava perante o desafio difícil de motivar os estudantes a tornarem-se não só professores, mas sim professores de Matemática. Como um dos componentes de motivação, introduziu-se no currículo uma disciplina chamada *Aplicações da Matemática na vida corrente das populações* (cf. GERDES, 1982). Coube-me o privilégio de lecionar aquela disciplina de Aplicações. Estudámo-la na sala de aula, mas também fazíamos visitas de estudo. Lembro-me da surpresa e do 'estado de choque' dos estudantes, ao visitarem uma fábrica de cerveja na cidade de Maputo. Constataram que operários pouco ou não escolarizados trabalhavam com *números negativos* para controlar vários processos na fábrica, enquanto os estudantes pensavam que aqueles números negativos horríveis tinham sido introduzidos pelos colonos somente para complicar a vida dos alunos moçambicanos... Inicialmente a disciplina de Aplicações tinha apenas duas horas de aula por semana. Mas rapidamente, os próprios estudantes solicitavam um aumento até 6 ou 8 horas semanais, uma vez que começaram a ver a relevância do conhecimento matemático como um instrumento poderoso para melhorar as condições de vida dos camponeses e de outros trabalhadores. Passo a passo, os estudantes começaram a gostar da Matemática. Muitos dos estudantes daquela primeira geração, talvez até a maioria, ainda hoje são professores de Matemática em vários níveis de ensino. Dois concluíram já um doutoramento em educação matemática, Sarifa Magide Fagilde e Banghy Cassy (ambos sobre temas ligados a gênero e o ensino da Matemática), e outros completaram o mestrado, como Carlos Lauchande, Balbina Muthemba, e Ribas Guambe.

A Matemática parecia aos estudantes daqueles primeiros cursos de formação de professores de Matemática uma disciplina estranha, importada da Europa, e sem raízes na sociedade e culturas africanas...

Será que a Matemática não tem raízes nas culturas moçambicanas? Oiçamos uma parte dum diálogo com os meus estudantes no início dos anos 1980, ocorrido na disciplina de 'Geometria Euclidiana Plana'.

Exemplo de 'consciencialização cultural' de futuros professores de Matemática (cf. Gerdes, 1988, 1992)

O famoso quinto postulado de Euclides, ou 'axioma das paralelas', diz que "por um ponto fora de uma reta m pode-se traçar uma única reta paralela a reta m". Por diversas razões didáticas, foram inventadas, em várias partes do globo, construções axiomáticas alternativas para a Geometria Euclidiana. Na construção de Alexandrov, da qual tomei conhecimento através dos colegas da então União Soviética que trabalhavam conosco em Moçambique, o 'axioma das paralelas' é substituído pelo 'axioma do retângulo' considerado, naquele país, mais 'clarividente' para os alunos do ensino secundário ou para os estudantes da formação de professores. Parte-se da experiência de que é possível construir retângulos.

O 'axioma do retângulo' diz o seguinte, considerando um quadrilátero ABCD: se AD = BC e $\angle$A e $\angle$B são ângulos retos, então AB = DC e $\angle$C e $\angle$D são ângulos retos também, ou seja,

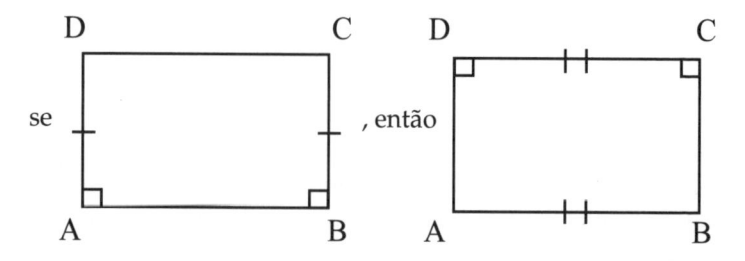

Numa das sessões do curso de 'Geometria Euclidiana Plana', coloquei a seguinte questão aos futuros professores moçambicanos de Matemática – muitos deles provenientes das zonas rurais: "Que 'axioma do retângulo' usam os nossos camponeses

e construtores rurais no seu dia a dia?" Algumas primeiras reações eram um pouco cépticas no sentido de "Oh, eles quase não sabem nada de geometria"... Seguiram-se contraquestões: "Os camponeses usam retângulos no seu quotidiano?" "Constroem retângulos?" Solicitei aos estudantes de diferentes regiões do país que explicassem a toda a turma como na sua região se constroem, por exemplo, as bases retangulares das casas tradicionais. Um dos métodos de construção das bases retangulares que os estudantes apresentaram é o seguinte:

Começa-se por estender no chão dois paus longos de bambu. Ambos os paus têm o comprimento igual ao comprimento desejado para a casa:

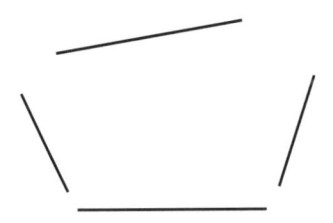

Estes dois primeiros paus são então combinados com dois outros paus, também de igual comprimento, mas normalmente menores que os primeiros:

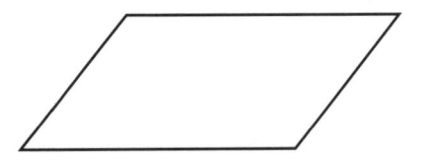

Em seguida, movimentam-se os paus para formar um quadrilátero fechado:

Por último, ajusta-se a figura até que as diagonais – medidas com uma corda – fiquem com igual comprimento. Onde ficam os paus estendidos no chão são então desenhadas linhas e a construção da casa pode começar.

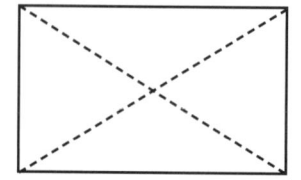

Dando continuidade ao diálogo, perguntei: "Será possível formular o conhecimento geométrico implícito nesta e noutras técnicas de construção em termos de um axioma?" "Que 'axioma do retângulo' sugerem elas?"

Rapidamente, os estudantes reunidos em grupos chegam às suas conclusões e apresentam vários 'axiomas de retângulo' alternativos, como este:

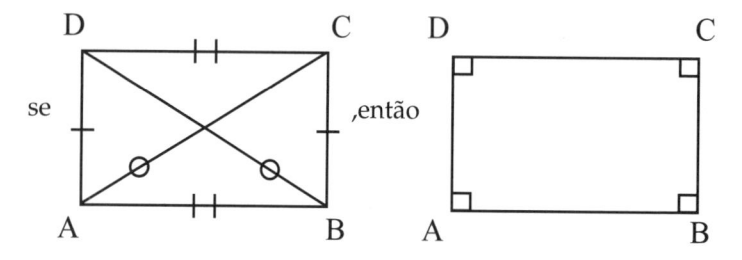

isto é, se AD = BC, AB = DC e AC = BD, então $\angle A$, $\angle B$, $\angle C$, e $\angle D$ são ângulos retos. Por outras palavras, um paralelogramo com diagonais iguais é um retângulo.

"Afinal, os nossos pais camponeses sabem alguma coisa de geometria", repara um estudante... "Sim", riposta outra estudante, "mas aqueles axiomas são teoremas!" Emerge todo um debate sobre axiomas, teoremas, a relação entre Matemática e a realidade, sobre como se constroem teorias matemáticas... Toda uma reflexão sobre cultura e educação matemática...

Neste tipo de diálogos nasce, cresce ou amadurece uma consciência de que ideias matemáticas não são alheias às culturas africanas, emerge-se uma consciência de que nem toda a Matemática vem da Europa..., contribuindo para uma *autoconfiança matemático-cultural* do futuro professor de Matemática.

Testemunho da autoconfiança matemático-cultural crescente dum futuro professor de Matemática

A titulo de exemplo, oiçamos o testemunho do estudante-finalista Salimo Saide ao apresentar, em 1996, o seu estudo *Sobre a ornamentação geométrica de panelas de barro por mulheres Yao (Província de Niassa)*:[4]

"Nasci em 1965 em Lichinga, capital da Província de Niassa (no Norte de Moçambique), onde frequentei as escolas primária e secundária. De 1985 a 1987 fiz o Curso de Formação de Professores de Matemática e Física na então Faculdade de Educação da Universidade Eduardo Mondlane em Maputo. De 1987 a 1991 lecionei as disciplinas de Matemática e Física na Escola Secundária de Pemba, capital da Província de Cabo Delgado. Nesta província, coordenei as olimpíadas de Matemática. Em 1991 regressei a Maputo para continuar os meus estudos e, em 1996, concluí, na Universidade Pedagógica, a Licenciatura em Matemática e Física (Ramo de Matemática)".

"Em 1977 caiu nas minhas mãos um livro do padre Yohana, intitulado *Wa'yao we*, ou seja, *Nós, os Yaos*, que me abriu um novo horizonte. Eu podia ler o livro, porque os meus avós maternos me tinham ensinado a ler e a escrever a língua Yao – na escola só se ensinava em Português. Durante toda a minha infância ansiei ler mais, à procura duma literatura Yao. Mas não houve nenhuma oportunidade. Quando continuei os meus estudos na capital do país, pensava que o meu sonho teria morrido, ao estudar Matemática e Física. Foi, no entanto, ao participar num 'círculo de interesse' e na disciplina de opção sobre 'Etnomatemática e o Ensino da Matemática', orientados pelo Professor Paulus Gerdes, que revivi o meu sonho, encontrando uma forte ligação entre a

---

[4] Um resumo do estudo de Salimo Saide foi publicado no livro *Mulheres, Arte e Geometria na África Austral* (GERDES, 1998a, p. 203-230).

Matemática e a arte dos meus avós, fazendo-me recuar à minha terra; fazendo-me recordar da minha avó, das suas bonitas tatuagens – "nembo" – e das belas panelas de barro que ela fabricava; das suas esteiras, peneiras e cestos decorados. Apeguei-me à ideia e nas férias escolares fui realizar um trabalho de campo em Niassa. Fiz três viagens: Julho–Agosto de 1994, Janeiro de 1995 e Janeiro–Fevereiro de 1996. Espero poder regressar em breve à minha terra natal, para continuar a investigação e para lecionar a Matemática, integrando nela os "nembo" do meu povo Yao."

Apresentam-se dois exemplos de "nembo" antigamente realizados em panelas de barro:

A reflexão e a pesquisa etnomatemática, em Moçambique, nasceram no contexto da formação de professores de Matemática. Como motivar os estudantes? Como aumentar a autoconfiança dos estudantes? Como enquadrar a educação matemática no contexto sociocultural do país recém-independente?

A reflexão sobre essas questões era estimulada pelo debate internacional nascente sobre etnomatemática, cultura e educação matemática, galvanizado por Ubiratan D'Ambrosio, e pelo impacto do pensamento e prática dum outro brasileiro eminente, Paulo Freire, à procura duma pedagogia libertadora dos povos oprimidos... Uma reflexão particularmente estimulada também pelo contexto político-educacional de Moçambique, desafiando os educadores a contribuir para um 'renascimento cultural', e para uma 'valorização dos aspectos positivos das culturas tradicionais'...

Capítulo II

'Mpaángo': As duas faces de esteiras decoradas de Moçambique

Nos primeiros anos após a Independência (1975) de Moçambique, uma das principais orientações da política educacional consistia em valorizar os aspectos *positivos* das tradições culturais. Como se poderá saber ou avaliar que aspectos são positivos? E quais negativos? Em função de quê?

As palavras 'positivo' e 'negativo' utilizam-se em diversos contextos. Ouve-se falar em 'número negativo', 'energia positiva', 'atitude negativa', 'psicologia positiva', 'nota negativa', ... Será que esta utilização das palavras 'positivo' e 'negativo' sempre faz sentido? Terá sentido de que ponto de vista?

Na Matemática, fará sentido falarmos em termos duma 'álgebra negativa', duma 'álgebra positiva', de 'triângulos positivos e negativos', de 'geometria positiva'... ? Poderá fazer algum sentido concebermos 'matrizes positivas' e 'matrizes negativas'? Será possível?

No decurso deste livro, encontraremos algumas respostas surpreendentes. Comecemos o nosso périplo na fotografia e nos entrançados.

Um filme fotográfico chama-se negativo quando produz imagens com cores inversas às reais. As cores são registradas por suas cores complementares. O que é claro fica escuro e o que é escuro fica claro, como ilustra a fotografia da minha filha Lesira durante a cerimônia de graduação da escola pré-universitária em 2009.

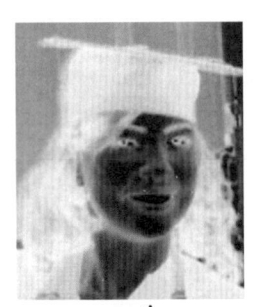

positivo   negativo

A inversão de cores verifica-se também frequentemente nos entrançados. Demos um exemplo da cestaria da Província de Inhambane no Sudeste de Moçambique.[5] Numa direção, as cesteiras, falantes da língua Tonga, utilizam tiras naturais claras e noutra direção tiras coloridas. Onde vemos numa face do entrançado uma parte clara, correspondendo a uma zona onde uma tira clara passa sobre uma tira escura, noutra face vê-se uma zona escura, como ilustra o exemplo:

imagem duma banda decorada na face exterior duma carteira entrançada

imagem da mesma banda decorada,
vista na face interior duma carteira entrançada

---

[5] Já durante mais de trinta anos acompanho e analiso os entrançados das mulheres tonga que têm revelado grande capacidade e criatividade em inventar novos padrões de decoração. Vide as várias edições do livro *Sipatsi: Cestaria e Geometria na Cultura Tonga de Inhambane* (GERDES; BULAFO, 1994; GERDES, 2003, 2009a & b). Para uma apresentação de várias outras tradições femininas de ideias geométricas entrançadas em arte(sanato), vide *Mulheres, Arte e Geometria na África Austral* (GERDES, 1998a).

No extremo Nordeste de Moçambique, perto da fronteira com a Tanzânia, mulheres falantes da língua Makwe inventaram uma inversão de cores diferente da inversão fotográfica (cf. GERDES, 2007b & c). Elas produzem esteiras de bandas cosidas, que servem para dormir ou para ornamentar a casa. Há dois tipos de bandas entretecidas: as de uma única cor – em geral, uma cor vibrante, por exemplo, amarelo, verde, ou lilás – e as bandas decoradas, chamadas 'mpaángo', onde elas introduzem vários padrões ao entrecruzarem tiras claras naturais com tiras escuras/pretas. A figura seguinte destaca o movimento em ziguezague duma tira ao longo duma banda:

As tiras fazem ângulos de 45° com os rebordos da banda.

A fotografia mostra as duas faces duma parte duma esteira makwe, onde se pode observar os dois tipos de bandas:

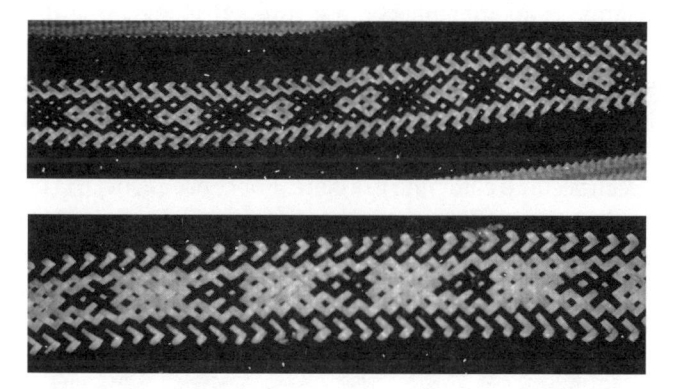

O padrão representa um filtro de água, conforme Idaía Amade, a coordenadora da cooperativa de fabricação de esteiras na vila de Palma, me explicou. A imagem do padrão 'filtro de água' numa face da esteira claramente não é a imagem negativa, no sentido fotográfico, da imagem do padrão noutra face da mesma esteira.

Observemos mais um exemplo, em que aparece o padrão que representa uma casa de base quadrada:

Noutra face vemos uma série dupla de 'cruzes' em vez de 'quadrados':

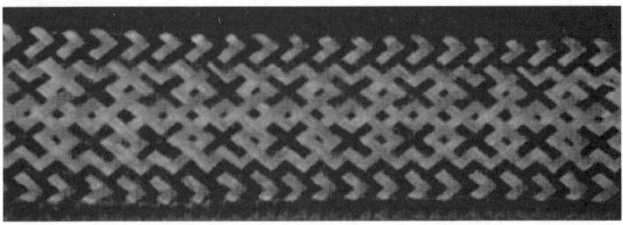

Como podemos compreender a particularidade da inversão de cores nas esteiras makwe?

As mulheres makwe, ao trançarem as bandas decoradas, 'mpaángo', não utilizam, como as mulheres tonga, tiras duma cor numa direção e tiras da outra cor na direção perpendicular à primeira. Elas, em contrapartida, utilizam tiras das duas cores nas duas direções, *alternando* tiras escuras e claras em ambas as direções. Agora, uma tira escura pode cruzar-se tanto com uma tira escura como com uma tira clara. Por consequência, lá onde duas tiras escuras se cruzam aparece um quadradinho escuro nas duas faces da esteira; lá onde duas tiras claras se cruzam, aparece um quadradinho claro nas duas faces da esteira:

Os quadradinhos escuros e claros, na figura acima, mantêm a mesma cor nas duas faces. Os quadradinhos brancos na figura correspondem aos tais cruzamentos onde uma tira clara se cruza com uma tira escura: numa face da esteira aparece um quadradinho escuro enquanto noutra face aparece um quadradinho claro. Por outras palavras, a particularidade da inversão de cores nas esteiras makwe reside no fato de apenas a cor da metade dos quadradinhos ser invertida, enquanto a cor da outra metade dos quadradinhos é invariante, ou seja, continua a mesma nas duas faces da esteira.[6]

As fotografias seguintes mostram mais um exemplo de duas faces duma esteira. O padrão representa os pés dum leão:

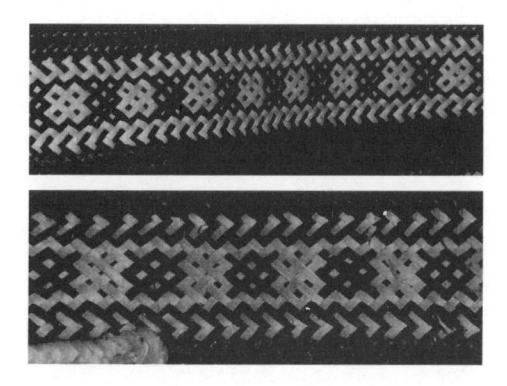

O desenho ilustra a inversão de cores, indo da frente para o verso:

---

[6] Este fenômeno pode ser observado também em trançados da Amazônia (cf. GERDES, 2007e).

Temos duas versões do padrão, a da frente e a do verso:

Será que poderemos chamar a primeira versão 'positiva' e a outra 'negativa'? Ou devia ser o contrário, a primeira 'negativa' e a segunda 'positiva'? Como poderemos justificar a nossa opção?

Chegaremos a uma resposta bem justificada, já perto do fim do livro... mas, inspiremo-nos antes em desenhos de Angola na África central-ocidental.

Capítulo III

'Sona': Contos ilustrados de Angola

Foi no início de 1986 quando, num sábado de manhã, um livro, acabado de chegar à biblioteca da nossa universidade, imediatamente atraiu a minha atenção. O livro era sobre a tradição, extinta quase por completo no tempo colonial, dos desenhos na areia do povo Cokwe do Nordeste de Angola (FONTINHA, 1983). Ao folhear as suas páginas, fiquei com uma forte impressão de que estes desenhos – chamados 'sona' (singular: 'lusona') – tinham a ver com uma geometria que me era desconhecida.

Aquele fim de semana foi para mim o começo duma viagem extremamente interessante e inspiradora, cheia de descobertas, que ainda não chegou ao fim e, provavelmente, nunca terminará.

Esta viagem levou-me a uma tentativa de analisar e reconstruir elementos matemáticos da tradição 'sona',[7] de explorar possíveis usos dos 'sona' na educação matemática,[8] de explorar o potencial matemático dos 'sona' e de estudar tradições que, tecnicamente, apresentam similaridades com a tradição 'sona'.

---

[7] Vide o meu livro *Geometria Sona de Angola: Matemática duma Tradição Africana* (1993, nova edição: 2008a; traduções: 1995, 1997a, 2006a).

[8] Vide, por exemplo, o livrinho *Desenhos da África* (1990a), publicado, no Brasil, na série *Vivendo a Matemática*, e Lusona: *Recreações Geométricas de África* (1991, 2002).

Amizade

A menor esteira retangular que se pode trançar com uma única tira tem a seguinte forma:

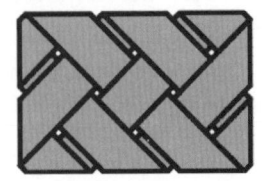

A tira faz ângulos de 45°com os lados do retângulo, tanto antes como depois de cada dobra da mesma.

Em várias culturas africanas, o nó entrançado simboliza a amizade entre as pessoas, entre os povos. É o nó trançado que nos une:

É este o símbolo que o padre italiano Cavazzi ao visitar Angola viu, no século 17, num lenço, reproduzido numa aquarela no seu livro *Descrição histórica de três reinos – Congo, Matamba e Angola*:

Nesta aquarela, vemos pontos que correspondem aos buraquinhos da esteira trançada. Esta ideia duma grelha de pontos equidistantes tinha sido explorada pelos mestres do conto e desenho cokwe para poder estandardizar as suas ilustrações.

Para facilitar a execução dos desenhos, utilizavam um sistema referencial, um *sistema de coordenadas*. No caso do desenho de 'amizade', começavam por marcar com as pontas dos dedos duas filas de três pontos equidistantes no solo alisado, acrescentando depois dois pontos nos centros dos dois quadrados:

Em seguida, desenhavam uma só linha ao redor dos pontos marcados:

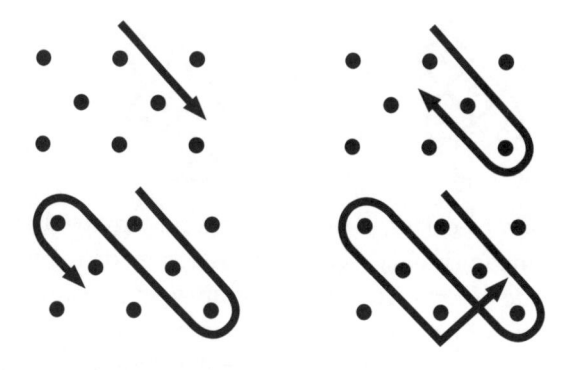

Até a linha se fechar:

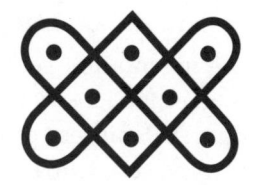

Tal como a pequena esteira trançada é composta por uma única tira, agora uma só linha fechada abraça todos os pontos da grelha. Convida-se o(a) leitor(a) a desenhar no chão ou numa folha de papel num único movimento fluido o símbolo da amizade, abraçando os pontos previamente marcados. Experimente também com outras dimensões da grelha de pontos.

Variando um pouco o desenho de 'amizade' os mestres cokwe representavam, por exemplo, uma ave, uma cobra atravessando um tronco, um rato e um outro tipo de pássaro:

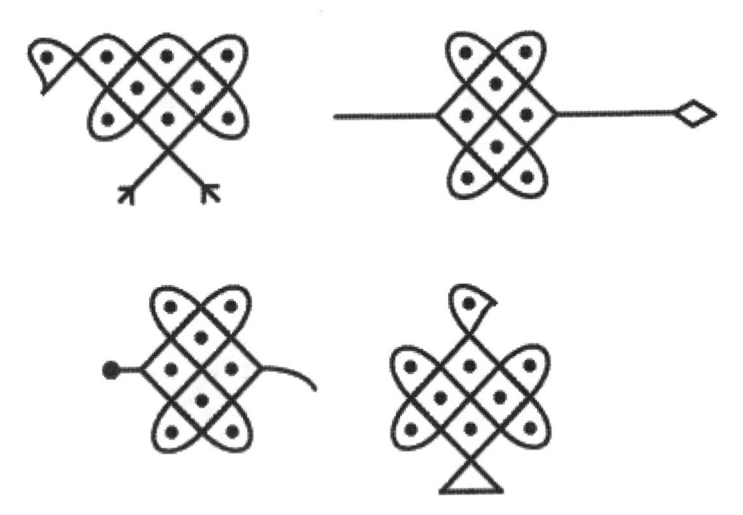

Quando os cokwe se encontravam no terreiro da aldeia ou no acampamento de caça, sentados à volta da fogueira ou à sombra de árvores frondosas, costumavam passar o tempo em conversas ilustrando-as com desenhos na areia. Muitos destes desenhos pertencem a uma velha tradição. Referiamse a provérbios, fábulas, jogos, adivinhas, animais, etc. e desempenhavam um papel importante na transmissão do conhecimento e da sabedoria de uma geração para a seguinte.

Os mestres cokwe inventaram centenas de desenhos, diversos algoritmos geométricos, vários métodos para construir 'sona' cada vez maiores, preferindo desenhos simétricos e *monolineares*, ou seja, feitos com uma única linha.

Esperteza e inteligência

Um conto do povo cokwe que gosto de recontar nas minhas palestras sobre ideias matemáticas na história africana é a historieta duma galinha em fuga. Este conto ensina-nos toda uma lição moral profunda. Ao mesmo tempo, faz-nos viver uma Matemática bela de e em movimento.

Certo dia um caçador queria apanhar uma galinha no mato. A galinha vê o homem a aproximar-se da sua casa e começa a correr na tentativa de escape. Obviamente, não opta por correr ao longo duma linha reta, se não seria apanhada quase de imediato. A galinha começa a correr aos largos ziguezagues pelo terreno do qual conhece tão bem as coordenadas:

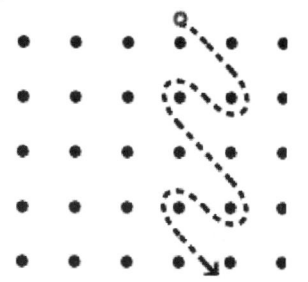

Caso a galinha continuasse por muito tempo com esses ziguezagues, ela não só se afastaria bastante da sua casa como o caçador compreenderia a táctica do animal e apanharia facilmente a galinha. Por isso, a nossa galinha espertinha muda de direção, vira para a direita para cima.

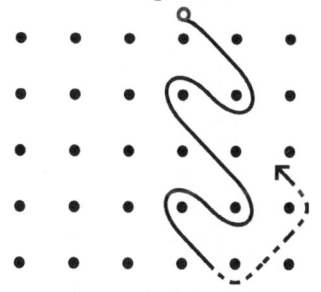

Vira agora para a esquerda e inicia uma corrida aos ziguezagues da direita para a esquerda.

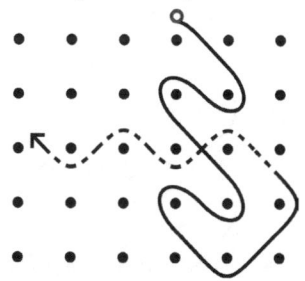

Vira para cima, acelera o passo, correndo ao longo duma linha reta.

Chegada em cima, já perto da sua casinha, a galinha olha ao seu redor. A situação ainda não lhe parece segura e a galinha recomeça a correr a um ziguezague largo, paralelo ao primeiro.

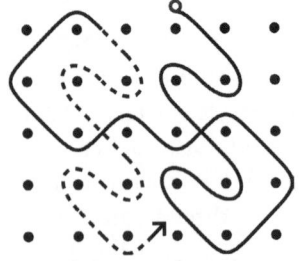

Vira à direita para cima e acelera.

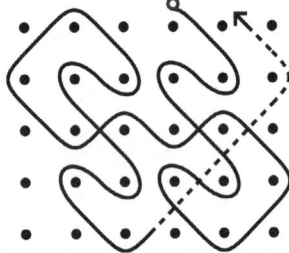

Chegada em cima, vira para a esquerda, passa por perto da casa, ziguezagueando da direita para a esquerda.

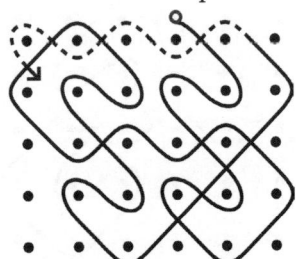

Continuando depois de cima para baixo.

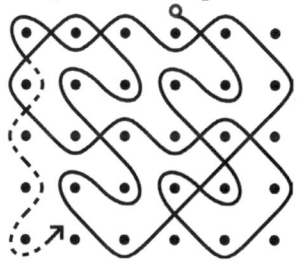

A galinha vira para a direita e faz um 'sprint' a toda a velocidade para cima.

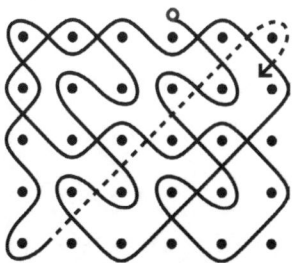

O caçador já tem dificuldades em conseguir seguir o animal. A galinha vira para a direita e desce num ziguezague.

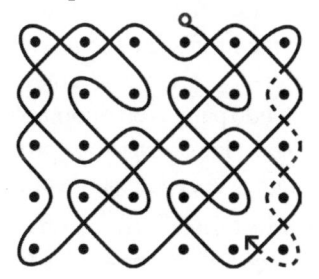

Contorna o último ponto e continua a ondular para a esquerda.

Vira para cima e corre diretamente para casa.

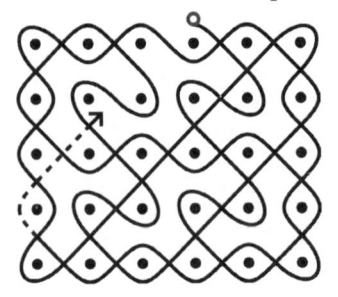

Esgotado e confuso, o caçador perdeu a galinha de vista. A nossa galinha inteligente regressou sã e salva à sua casa.

Quando chego ao final feliz da historieta, o meu público, em vários continentes, tanto professores como estudantes, matemáticos, artistas, historiadores,..., certamente já me interrompeu num ou noutro momento, batendo palmas ou rindo, apreciando a inteligência da galinha em fuga.... inteligência dos professores-contadores cokwe, que inventaram este e centenas de outros desenhos.

Ao ouvirmos a historieta, acompanhamos um (*algo*)*ritmo* geométrico em execução. Conforme a tradição cokwe, a linha desenha-se sem interrupções, sem hesitação. A linha fechada resultante abraça todos os pontos da grelha e apresenta uma simetria rotacional: rodando a figura sobre um ângulo raso, em torno do centro, a imagem final é a mesma que a imagem inicial.

Convido o(a) leitor(a) a aprender a desenhar a ilustração do percurso da galinha em fuga, a desenhá-la num movimento fluido. Convido o(a) leitor(a) a apreciar a Matemática por detrás da invenção desta ilustração: a experimentação com algoritmos geométricos e com a variação das *dimensões* das grelhas de pontos.

Marque uma grelha de nove filas de dez pontos. Tente desenhar outro percurso da galinha em fuga num único movimento fluido, sem parar, sem levantar a caneta ou o lápis do papel.

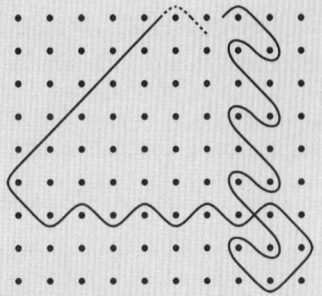

Observe o desenho seguinte:

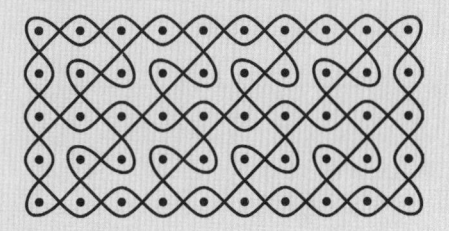

Parece uma variante do desenho referente à galinha em fuga, desta vez de dimensões de 5 por 10. Observando-o com mais cuidado, executando a linha, pode-se ver que se trata de três linhas em vez de uma só:

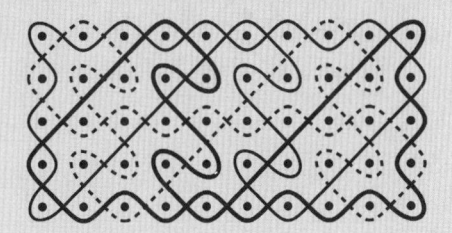

O número (N) de linhas do tipo 'galinha em fuga' não é sempre um, mas depende das dimensões da grelha retangular, ou seja, depende do número de filas (f) e do número de colunas (c). Sabemos do desenho monolinear da própria historieta que N(5, 6) = 1. E agora vimos que N(5, 10) = 3. Convida-se o(a) leitor(a) a descobrir uma fórmula para a dependência do N de f e c. A questão é: N(f, c) = ...?

Experimente, faça uma tabela e descubra! Você encontrará uma surpresa certamente inesperada...

Tabela para N(f, c)

f \ c	4	6	8	10	12	14	16
3	1	2	1	2	1	2	
5	3	1	1	3	1		
7	1	4	1	2	1	4	
9	1	1	5	1			
11	3	2	1	6			
13	1	1					
15							

Provavelmente, o(a) leitor(a) deste livro não seja um(a) biólogo(a). Será que tem ideia como um mestre cokwe representa o estômago dum leãozinho? Observe:

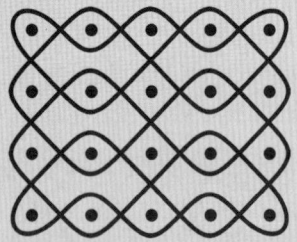

Tente desenhar numa única linha fluida uma representação do estômago dum leão maior.

No capítulo seguinte, debruçar-nos-emos sobre toda uma classe de algoritmos geométricos à qual vários algoritmos de 'sona', como os da amizade, da galinha em fuga e do estômago de leão pertencem.

Capítulo IV

Curvas-de-espelho em várias culturas e épocas

Artistas e geômetras em várias épocas da história humana têm criado curvas que obedecem a certas regras, construídas com a aplicação de determinados algoritmos geométricos (cf. Gerdes, 1989b, 1990b, 1993/94, vol. 2 e 3).

O meu amigo Maurice Bazin (1934-2009)[9] , conhecendo as minhas pesquisas sobre os 'sona' dos cokwe, ofereceu-me, em 1993, em Paris, uma pequena pedra, esculpida na forma dum escaravelho, feita no Egito Antigo por volta de 1600 a.C. A figura mostra o desenho gravado na face plana da pedra (mais ou menos 3 cm de comprimento):

---

[9] O físico Maurice Bazin, fundador do Espaço Ciência Viva em Rio de Janeiro, realizou, nos últimos anos da sua vida, um profundo trabalho de etnomatemática/etnociência com o povo Tiyuka na Amazônia. Poucas semanas antes de falecer, escreveu-me "estou dando um curso para 2x20 jovens de baixa renda que estão na escola secundária (2° ano), no Instituto Nextel,... escolhi como primeiro tema 'sona'..."

A parte superior simboliza a união dos dois países, quer dizer, do Baixo e do Alto Egito. Na parte inferior, vemos uma linha fechada construída segundo um determinado algoritmo geométrico. Um outro exemplo egípcio é a serpente pintada no túmulo do faraó Ramsés III (1182-1151 a.C.):

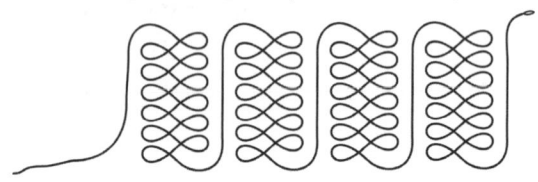

Em ambos os casos observamos uma semelhança com os 'sona' de Angola. Não são visíveis, no entanto, os pontos da grelha ao redor da qual as linhas foram traçadas. Acrescentando os pontos, alguns desenhos do Egito Antigo são iguais a 'sona' de Angola. Por exemplo, à esquerda apresentam-se dois 'sona' e à direita dois desenhos do Egito Antigo muito similares:

Os exemplos apresentados são mais uma vez de padrões monolineares: em cada caso, uma única linha abraça todos os pontos da grelha. Isto acontece também com os dois padrões seguintes:

Os últimos dois padrões são exemplos de desenhos feitos por mulheres tamil no Sul da Índia. Durante o mês da colheita, elas costumam fazer estes e outros desenhos, chamados 'kolam', em frente das suas casas com o intuito de apaziguar o Deus Siva. Sobre a superfície limpa e umedecida marcam uma grelha de pontos equidistantes. Então, produzem as suas curvas no chão ao deixar cair farinha de arroz dos seus dedos à medida que a mão descreve suavemente a linha no ar.

Toda uma classe de 'sona' de Angola, incluindo as representações do 'estômago dum leão' e do percurso da 'galinha em fuga', toda uma classe de desenhos do Egito Antigo, e toda uma classe de 'kolam' da Índia satisfazem, como reparei em 1988, um mesmo princípio de construção.

Em que consiste a semelhança entre os desenhos? Qual poderá ser esse princípio comum de construção?

Princípio de construção

Ilustremos o princípio de construção através dum exemplo. Considere uma grelha de 5 filas e de 6 colunas de pontos equidistantes. Ao redor da grelha construímos um retângulo cuja distância às filas e às colunas mais próximas é igual à metade da distância entre dois pontos vizinhos:

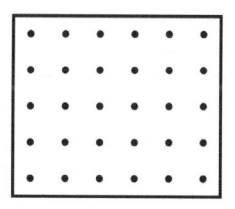

Imaginemos que os lados do retângulo sejam espelhos e que no interior do retângulo se possa colocar, horizontal ou verticalmente, alguns espelhos pequenos. Por exemplo:

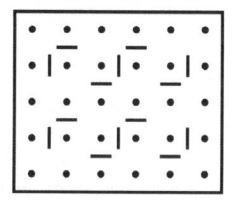

Os espelhos verticais encontram-se sempre no meio entre dois pontos que são vizinhos na direção horizontal; os espelhos horizontais encontram-se no meio entre dois pontos vizinhos na direção vertical:

Imaginemos que os espelhos sejam duplos, ou seja, ambas as suas faces refletem raios de luz que incidem sobre elas.

Seja S um ponto no rebordo retangular, situando-se verticalmente por cima dum dos pontos da grelha. Imaginemos, agora, que se emita um raio de luz a partir do ponto de partida S, fazendo um ângulo de 45° com a linha horizontal:

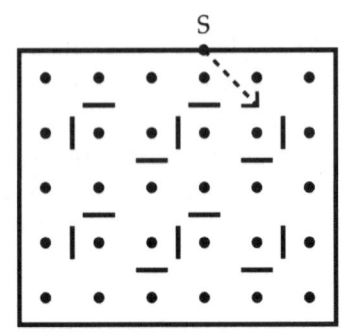

Ao atravessar a grelha, o raio de luz reflete-se tanto nos espelhos pequenos que encontra no seu percurso como nos lados do retângulo:

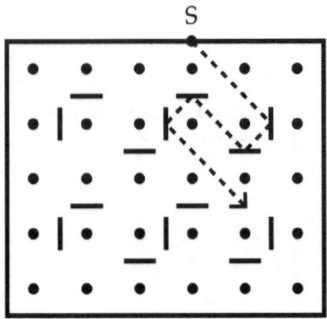

Deste modo, gera-se uma linha poligonal que, ao voltar para S, se fecha.

O percurso do 'galinha em fuga' (!) é a versão lisa, ou seja, arredondada da linha poligonal construída:

Por conseguinte, podemos dizer que o 'lusona' da 'galinha em fuga' é uma *curva-de-espelho regular*. Regular no sentido de que todos os espelhos estão colocados conforme a regra indicada:

Curvas-de-espelho regulares

Os dois 'kolam' feitos por mulheres tamil são igualmente curvas-de-espelho regulares, como se vê:

O 'lusona' do 'estômago do leão' também a é

tal como um dos desenhos do Egito Antigo que igualmente aparece em Angola:

Se quisermos, poderemos, quando não houver nenhum espelho no interior do retângulo circunscrito, como no caso da versão lisa do símbolo cokwe de amizade

chamar a referida curva-de-espelho também regular.

Convida-se o(a) leitor(a) a inventar e construir algumas curvas-de-espelho regulares. Sugestão: utilizando papel quadriculado, marque a grelha de pontos e o retângulo circunscrito e coloque os espelhos pequenos. Que distância escolherá entre os pontos vizinhos da grelha? Poder-se-á colocar os espelhos de qualquer maneira? Obter-se-á sempre uma curva que abraça todos os pontos da grelha?

Observe mais alguns exemplos de desenhos que podem ser considerados como curvas-de-espelho regulares:

desenho cokwe de Angola

desenho do Egito Antigo

desenho tamil do Sul da Índia

ornamentação numa mesquita em Cairo (Egito)

No próximo capítulo, descobriremos algumas propriedades surpreendentes de curvas-de-espelho regulares.

Capítulo V

Interlúdio: A caminho
duma descoberta

Quando se estuda uma demonstração, raramente se consegue perceber como é que o matemático descobriu o resultado. O caminho que leva a uma descoberta é, em geral, muito diferente da estrada pavimentada da dedução. A via da descoberta abre-se serpenteando por um terreno de vegetação densa e cheio de obstáculos, às vezes aparentemente sem saída, até que, de repente, se encontra uma clareira de surpresas relampejantes. E, quase de imediato, a alegria do inesperado "heureka" (gr. "achei", "encontrei") rasga triunfantemente o caminho.

Mais de uma vez confrontado com a pergunta de como eu tinha descoberto alguns dos meus resultados, tentarei agora reabrir parte do caminho pelo qual tinha passado com um destino na altura ainda desconhecido... (cf. GERDES, 1993/94, v. 2).

Os cokwe de Angola marcavam, no solo alisado, uma grelha retangular de pontos à volta dos quais traçavam as suas ilustrações, os chamados 'sona.' Para facilitar a execução dos 'sona' que aprendia e analisava, acostumei-me, nos finais dos anos oitenta, a desenhá-los em papel quadriculado, utilizando uma distância de duas unidades entre dois pontos consecutivos da grelha de referência.

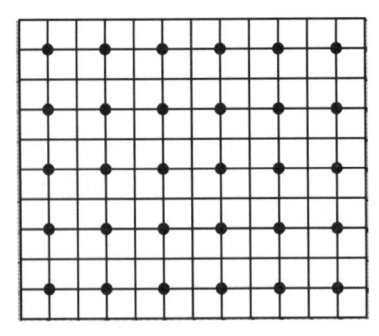

Deste modo, um desenho composto por uma única linha como o da 'galinha em fuga' passa exatamente uma única vez por cada um dos quadradinhos dentro do retângulo circunscrito à linha.

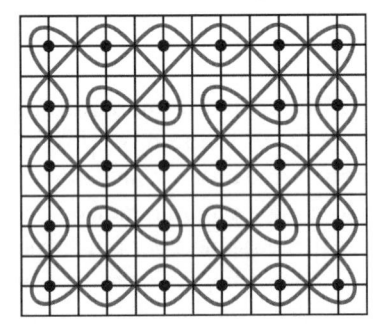

Esta situação dá-nos a possibilidade de **(e)numerar** os quadradinhos: sendo 1 o número atribuído ao quadradinho em que se inicia o percurso da linha, e 2 o número do segundo quadradinho pelo qual a linha passa, e assim sucessivamente até completar a linha fechada. Pode-se iniciar a numeração a partir do centro do retângulo:

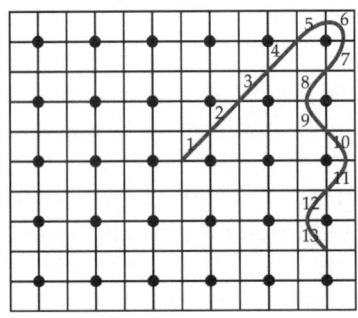

E, por fim, chega-se à seguinte numeração final:

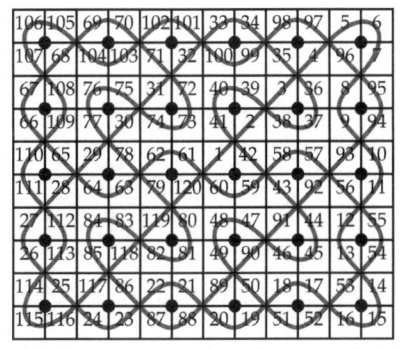

Deste modo obtém-se, a partir da curva inicial, o seguinte retângulo numérico:

106	105	69	70	102	101	33	34	98	97	5	6
107	68	104	103	71	32	100	99	35	4	96	7
67	108	76	75	31	72	40	39	3	36	8	95
66	109	77	30	74	73	41	2	38	37	9	94
110	65	29	78	62	61	1	42	58	57	93	10
111	28	64	63	79	120	60	59	43	92	56	11
27	112	84	83	119	80	48	47	91	44	12	55
26	113	85	118	82	81	49	90	46	45	13	54
114	25	117	86	22	21	89	50	18	17	53	14
115	116	24	23	87	88	20	19	51	52	16	15

A curva seguida pela 'galinha em fuga' é esteticamente atrativa. O padrão apresenta a mesma simetria de rotação que a letra S. Levanta-se a seguinte questão: como se refletem a beleza e a simetria desse desenho na enumeração dos quadradinhos?

Por exemplo, que relação existe entre dois quadradinhos correspondentes sob uma rotação sobre um ângulo raso? O primeiro número da primeira fila, 106, corresponde ao último número da última fila, 15; o segundo número da primeira fila, 105, corresponde ao penúltimo número da última fila, 16. Em ambos os casos, a soma dos números dos dois quadradinhos correspondentes é igual a 121. Nos outros casos acontecerá o mesmo? O quadradinho de número 72 corresponde ao quadradinho de número 49; o quadradinho de número 93 corresponde ao quadradinho de número 28, etc. A soma é sempre igual a 121, ou seja, igual ao número do último quadradinho na numeração mais um.

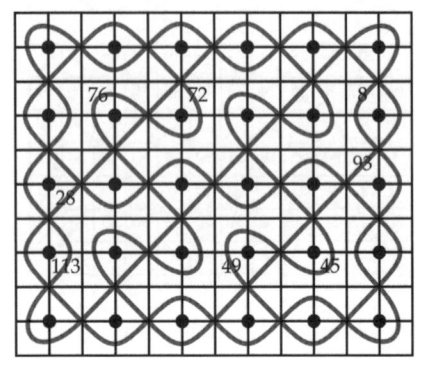

O que acontecerá quando se começar a enumeração num outro quadradinho ou numa outra direção: a soma dos números de dois quadradinhos correspondentes sob uma rotação de 180° continuará a ser sempre 121?

Será que a beleza da curva se reflete também de outras maneiras na numeração dos quadradinhos?

Ao numerar todos os quadradinhos obtém-se um retângulo de números. Este retângulo numérico, ou matriz, será interessante de algum ponto de vista? Por exemplo, o retângulo numérico será 'mágico'? A um retângulo numérico chama-se **'mágico'** se, para todas as filas, as somas dos números dos seus quadradinhos são iguais e, ao mesmo tempo, se para todas as colunas as somas dos números dos seus quadradinhos são iguais. A figura mostra as somas dos números fila por fila:

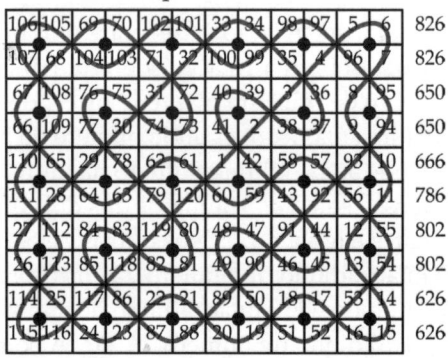

Somente algumas somas são iguais. Entramos num trilho falso?

Consideremos um padrão similar, menor:

e enumeremos os quadradinhos a partir do centro. O resultado é o seguinte:

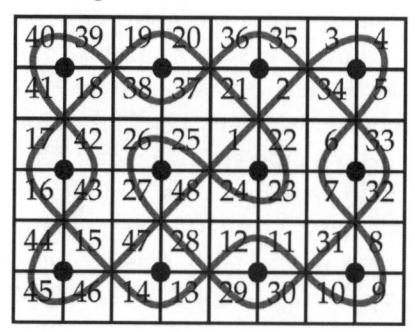

Determinando as somas dos números fila por fila e coluna por coluna, verificamos que as somas de quatro filas são iguais a 196:

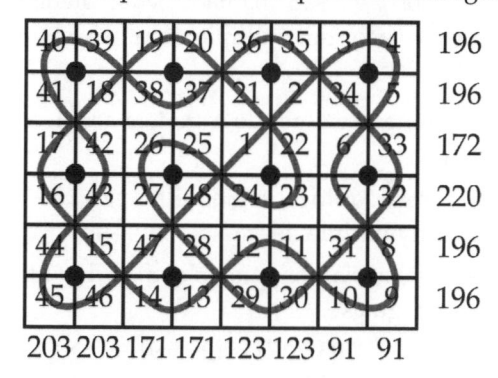

203 203 171 171 123 123 91 91

Gostaríamos que as seis somas fossem iguais, mas apenas quatro o são. Azar... O retângulo numérico não é 'mágico'... ou alguma vez poderá acontecer que

$$220 = 196 = 172 ?$$

Números distintos nunca podem ser realmente iguais; no máximo podem ser **equivalentes** ou **iguais módulo m**.

contagem natural	1	2	3	4	5	6	7	8	9	10	11	12	13	...
	|	|	|	|	|	|	|	|	|	|	|	|	|	
contagem módulo 4	1	2	3	0	1	2	3	0	1	2	3	0	1	...

Na vida diária, contamos frequentemente módulo 12 ou módulo 7. Quando agora são 9 horas da manhã, daqui a 12 horas são 21 horas, ou seja, 9 horas da noite. Daqui a 24 horas, não são 33 horas, mas, de novo, 9 horas da manhã. Por outras palavras, temos $33 \equiv 21 \equiv 9$ módulo 12. No relógio, contamos o tempo em ciclos de 12 horas. Hoje é quarta-feira. Tendo passado 7 dias, não estaremos na 11.ª feira, mas sim, de novo, na quarta-feira; tendo passado 21 dias, não estaremos na 25.ª feira, mas de novo na quarta-feira. Por outras palavras, temos $25 \equiv 18 \equiv 11 \equiv 4$ módulo 7.

Em geral temos a seguinte definição:

Seja m um número natural qualquer maior que 1. Dois números inteiros p e q são chamados equivalentes ou iguais módulo m, se $p - q$ for um múltiplo de m.

Agora, para que valores de m poderá acontecer $220 \equiv 196 \equiv 172$ módulo m?

Se $220 \equiv 196$ módulo m, então a diferença 220-196, ou seja, 24, deve ser um múltiplo de m.

Também gostaríamos que as somas dos números nas colunas fossem iguais:

$$203 \equiv 171 \equiv 123 \equiv 91.$$

Uma vez que, de fato, não são iguais, preferíamos que fossem iguais módulo o mesmo número m. Por isso, 203-171, ou seja, 32, deve ser múltiplo de m.

Tanto 32 como 24 são múltiplos de m, então 32-24, ou seja, 8 é-o também. Desta maneira, vemos que m só pode ser 8, 4 ou 2.

Analisemos a possibilidade $m \equiv 8$.

Em vez de numerar naturalmente os quadradinhos pelos quais a linha passa, ou seja,

$$1, 2, 3, 4, 5, ..., 48,$$

enumeremo-los módulo 8:

$$1, 2, 3, 4, 5, 6, 7, 0, 1, 2, 3, 4, 5, 6, 7, 0, ...$$

Iniciemos a enumeração módulo 8:

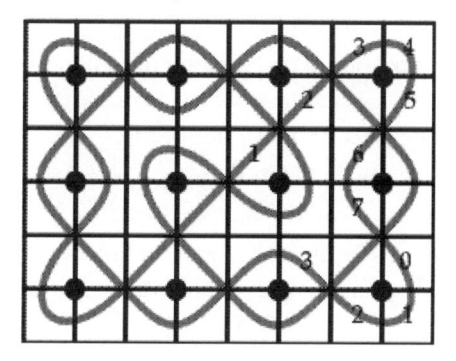

Obtemos o seguinte resultado da enumeração, indicando as somas dos números das filas à direita e as somas dos números das colunas embaixo do retângulo:

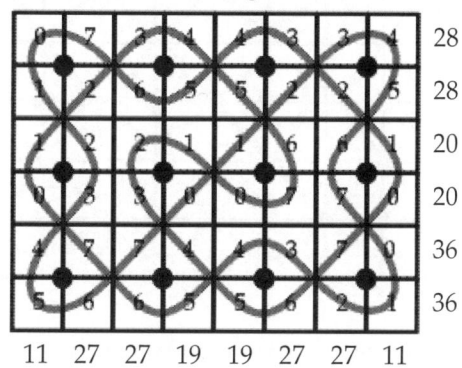

								28
								28
								20
								20
								36
								36
11	27	27	19	19	27	27	11	

O nosso retângulo numérico é 'mágico' módulo 8, uma vez que $28 \equiv 20 \equiv 36 \equiv 4$ módulo 8 e $11 \equiv 27 \equiv 19 \equiv 3$ módulo 8. Observemos agora atentamente a distribuição dos números 1, 2, 3, 4, 5, 6, 7, 0, pelo retângulo. O que acontece com os números dos quatro quadradinhos vizinhos dum mesmo ponto da grelha?

Pode-se constatar que, na maioria dos casos, se encontram quatro números consecutivos em torno de um mesmo ponto da grelha:

 * 3, 4, 5, 6 em torno do segundo ponto da primeira fila da grelha;

 * 2, 3, 4, 5, à volta do terceiro ponto da primeira fila da grelha, etc.

Apenas em quatro casos isto não acontece. Por exemplo, à volta do primeiro ponto da primeira fila, encontram-se 0, 1, 2, 7 em vez de 0, 1, 2, 3; à volta do terceiro ponto (da esquerda) da segunda fila veem-se 0, 1, 6, 7 em vez de 0, 1, 2, 3. Que fazer?

Só se fosse $6 \equiv 2$ e $7 \equiv 3$, a situação estaria 'normalizada'. Contando módulo 4 ou módulo 2, temos $6 \equiv 2$ e $7 \equiv 3$.

Enumeremos agora os quadradinhos do retângulo, pelos quais a linha passa sucessivamente, módulo 4 em vez de módulo 8:

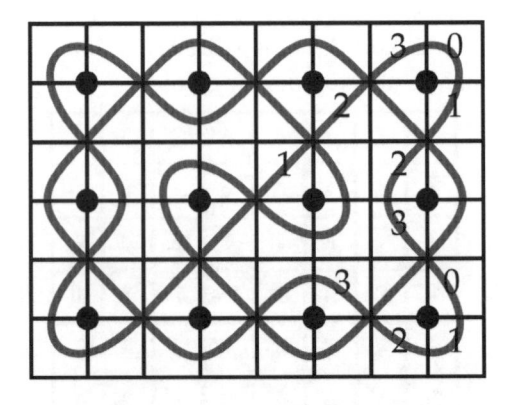

Obtemos o seguinte resultado da enumeração módulo 4:

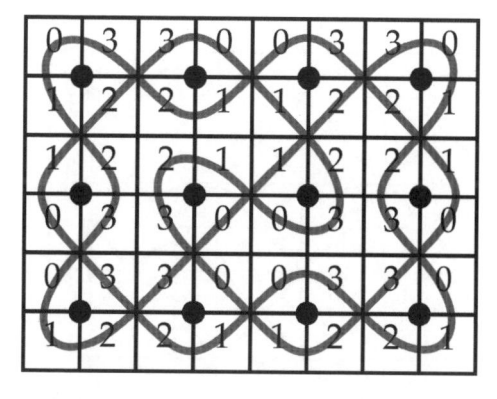

Agora encontram-se em torno de todos os pontos da grelha os números 0, 1, 2, e 3; o retângulo dos quadradinhos mantém-se 'mágico'. Mais do que isso, ganhamos novas e belas surpresas: a disposição dos 0, 1, 2, 3 à volta de cada um dos pontos da grelha é alternadamente no sentido horário e anti-horário; e em cada quadrado formado por quatro pontos vizinhos da grelha aparecem sempre quatro números iguais:

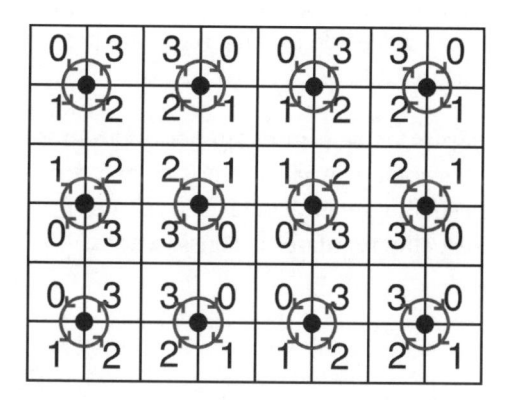

Convida-se o(a) leitor(a) a analisar se acontece o mesmo com o desenho maior, o da 'galinha em fuga' e com outros 'sona' como, o do 'estômago de um leão'?

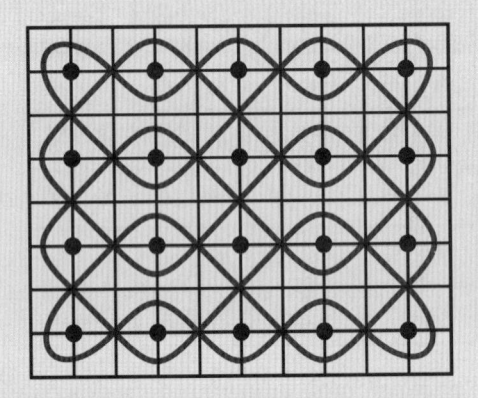

Desenhe algumas curvas-de-espelho regulares em papel quadriculado. Experimente e analise o que acontece quando se enumerar módulo 4 os quadradinhos pelos quais cada uma das curvas-de-espelho consideradas passa. Acontecerá algo semelhante? Formule uma conjectura. Teste a conjectura noutros casos. Como se pode ter certeza? Ou seja, como se pode provar ou demonstrar o resultado?

O que acontecerá se enumerarmos os quadradinhos, pelos quais as curvas-de-espelho regulares passam, módulo 2 em vez de módulo 4?

Nos capítulos seguintes, generalizaremos o conceito de curva-de-espelho. Analisaremos se as propriedades das curvas-de-espelho generalizadas são as mesmas que as das curvas-de-espelho regulares já consideradas.

Capítulo VI

Curvas-de-espelho generalizadas

Na Idade Média europeia, artesãos célticos nas Ilhas Britânicas costumavam decorar pedras, joalharia e rebordos de manuscritos com padrões compostos por nós entrançados. A figura seguinte apresenta a estrutura de dois padrões decorativos célticos:

Estes nós podem ser considerados curvas-de-espelho porque podem ser gerados a partir dos seguintes padrões de espelho:

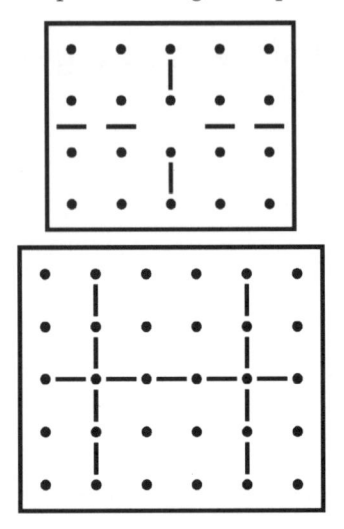

A diferença entre eles e as curvas-de-espelho regulares consideradas até agora reside nas posições possíveis para os espelhos pequenos. No caso das curvas-de-espelho regulares, havia só duas posições:

Contudo, no caso dos dois nós célticos, aparecem espelhos verticais colocados entre dois pontos vizinhos na vertical, e no segundo exemplo, aparecem também espelhos horizontais entre dois pontos vizinhos na direção horizontal:

Deste modo, poderemos considerar uma classe mais ampla de curvas-de-espelho, em que pode haver espelhos pequenos numa ou em mais das seguintes quatro posições:

Em 1989 introduzi o conceito de *curva-de-espelho generalizada*, na tentativa de perceber a construção dos nós célticos (cf. GERDES, 1990b, 1999a & c). Podemo-nos perguntar qual terá sido o pensamento dos próprios artesãos que inventaram os dois padrões apresentados e muitos outros padrões de nós durante a Idade Média europeia.

Não só artesãos célticos inventaram padrões que podem ser interpretados como curvas-de-espelho generalizadas. Aqui vem um exemplo dum desenho num escaravelho esculpido do Egito Antigo:

Convida-se o(a) leitor(a) a reproduzir os seguintes padrões-de-espelho em papel quadriculado e a desenhar as respectivas curvas-de-espelho generalizadas que eles geram:

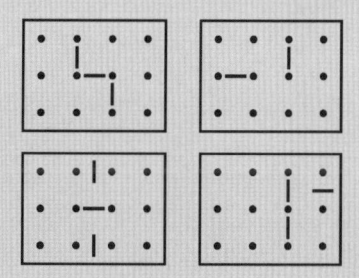

Utilizando papel quadriculado, construa a curva-de-espelho generalizada que corresponde ao seguinte padrão de espelhos:

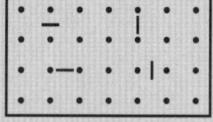

Repara-se que há um espelho em cada uma das quatro posições possíveis.

Convida-se o(a) leitor(a) a inventar curvas-de-espelho generalizadas.

A figura apresenta um emblema tradicional japonês, enquadrado numa grelha de pontos e com vários espelhos:

Em que sentido poderemos considerar este emblema uma curva-de-espelho generalizada?

Capítulo VII

Introduzindo Lunda-designs[10]

No capítulo 5, descobrimos que curvas-de-espelho regulares geram padrões interessantes ao enumerarmos, módulo 4 ou módulo 2, os quadradinhos pelos quais essas curvas passam. Por exemplo, consideremos um desenho tamil já encontrado no capítulo 4. Tracemo-lo em papel quadriculado:

Ao enumerarmos módulo 4 os quadradinhos pelos quais a curva sucessivamente passa, obtemos a seguinte distribuição dos números 1, 2, 3 e 0 (Verifique, começando a contar a partir do segundo quadradinho da fila superior):

---

[10] Cf. GERDES, 1993/94, vol. 2; 1996, 1997b, 1999b & c.

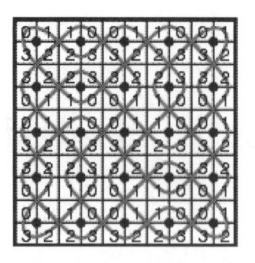 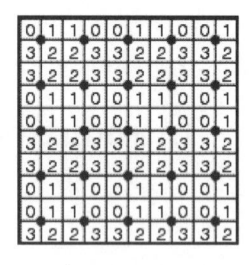

À direita vê-se a *matriz* gerada pelo desenho tamil ao enumerarmos os quadradinhos módulo 4. Quando o fizermos módulo 2, obteremos o seguinte resultado:

 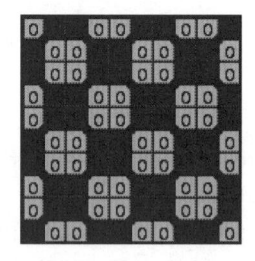

Desta vez, apresentamos à direita o resultado tanto na forma duma matriz de números como um padrão escuro-claro, colorindo os quadradinhos onde se encontra o número 0 por uma cor clara e os quadradinhos em que se encontra o número 1 por uma cor escura.

Pode-se *demonstrar* que todas as curvas-de-espelho regulares geram matrizes e padrões escuro-claros similares. Convido o(a) leitor(a) a encontrar uma demonstração.[11]

Naturalmente, surge agora a questão o que acontecerá com as matrizes e os padrões escuro-claros associados quando as curvas-de-espelho não são regulares.

Recordemos, no caso duma curva-de-espelho generalizada, os espelhos pequenos podem estar colocados em quatro posições diferentes:

$$\cdot \mid \cdot \qquad \bullet\!-\!\bullet \qquad \div \qquad \vdots$$

---

[11] Uma demonstração está incluída no segundo volume de (GERDES, 1993/94, Capítulo 6).

Observemos um exemplo, gerando uma curva-de-espelho não regular:

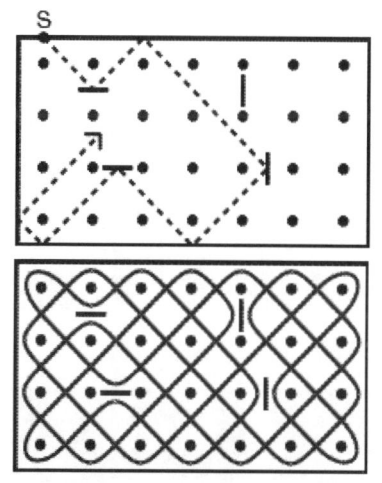

Enumerando, módulo 4, os quadradinhos pelos quais passa a curva-de-espelho sucessivamente ao começar o percurso em S, obtemos a seguinte matriz de distribuição dos 0's, 1's, 2's e 3's:

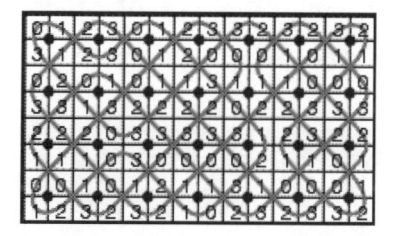

A distribuição dos 1's, 2's, 3's e 0's é claramente distinta do tipo de matriz que se obtém no caso duma curva-de-espelho regular. Ao enumerarmos módulo 2 em vez de módulo 4, obtemos a seguinte matriz de distribuição dos 1's e 0's:

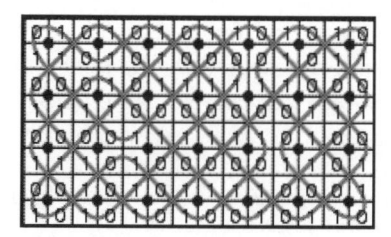

Ao colorirmos os quadradinhos onde se encontra o número 1 de uma cor escura, e os quadradinhos onde está colocado o número 0 de uma cor clara, obtemos

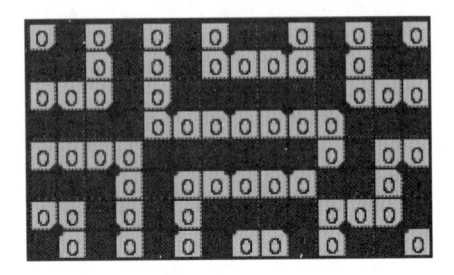

ou, apagando os números

ou, se quisermos apagar igualmente os quadradinhos e os pontos

A esta matriz assim construída com os números 0 e 1 a partir duma curva-de-espelho chamo uma *Lunda-matriz*, e ao próprio *design* final a duas cores chamo *Lunda-design*.[12]

---

[12] Uma introdução a *Lunda-designs* encontra-se na última parte do livro *Geometry from África: Educational and mathematical explorations* (GERDES, 1999a) e no livro *Lunda Geometry* (GERDES, 1996, 2007).

Com o prefixo Lunda refiro-me à minha fonte de inspiração – os Cokwe – que habitam predominantemente o Nordeste de Angola, uma região chamada Lunda. Os 'sona' dos Cokwe levaram-me a introduzir o conceito de curva-de-espelho regular. O estudo de curvas-de-espelho regulares e a sua comparação com desenhos doutras culturas levou-me a estudar curvas-de-espelho generalizadas que, por sua vez, conduziram à invenção dum novo tipo de matrizes e de *designs*: *Lunda-matrizes* e *Lunda-designs*.

> Construa os *Lunda-designs* gerados pelos nós célticos e pelo desenho egípcio, apresentados no capítulo anterior.
>
> Convida-se o(a) leitor(a) a construir alguns *Lunda-designs*.

A seguir, apresento quatro exemplos de padrões-de-espelho que geram, como vimos, *Lunda-designs* por via de curvas-de-espelho.

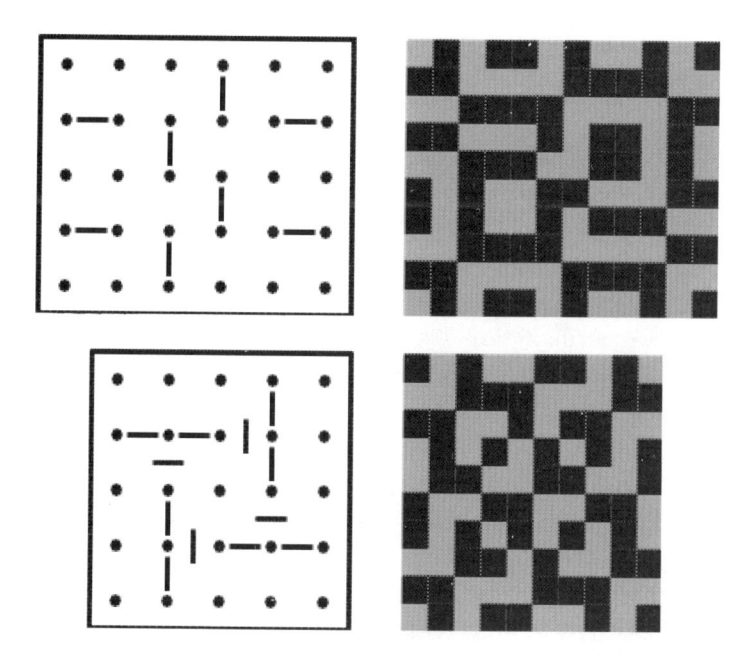

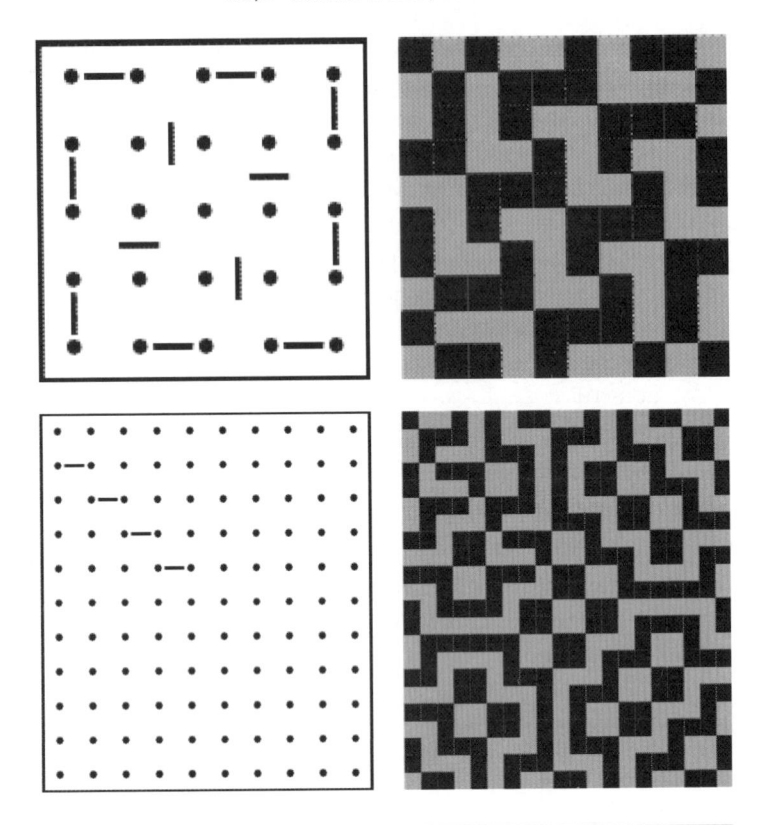

Observe bem os quatro padrões-de-espelho. Alguns apresentam uma simetria rotacional de 180° ou de 90°. Como será que estas simetrias se exprimem nos *Lunda-designs* por eles gerados?

Construa alguns *Lunda-designs* que têm um ou dois eixos de simetria.

Agora, surge a questão, se todos os *Lunda-designs* têm algumas características, algumas propriedades ou particularidades, em comum, que os distingue de outros padrões a duas cores? Esta questão constitui o tema do próximo capítulo. Deixo aqui para os(as) leitores(as) algumas perguntas para reflexão e para se preparar para o capítulo a seguir:

Os *Lunda-designs* parecem atrativos para o olho humano. Por quê será?

Será que os *Lunda-designs* se caracterizam por uma ou mais propriedades em comum que os tornam atrativos e esteticamente belos?

Procure estas características.

Sugestões:

Analise o que acontece com as cores dos dois quadradinhos vizinhos, encostados ao rebordo, que tocam um ponto M da margem da grelha:

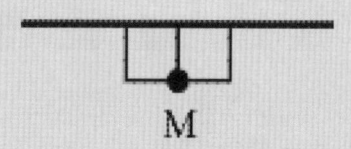

Analise o que acontece com a distribuição das duas cores pelos quatro quadradinhos que se encontram encaixados entre dois pontos vizinhos da grelha:

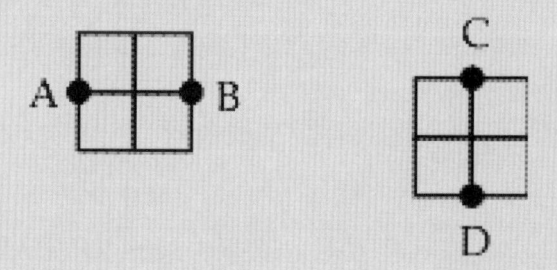

Experimente. Formule conjecturas. Tente prová-las.

Observe um *Lunda-design*. Compare o número de quadradinhos escuros e claros, fila por fila. Você percebe alguma particularidade? E se o fizer coluna por coluna?

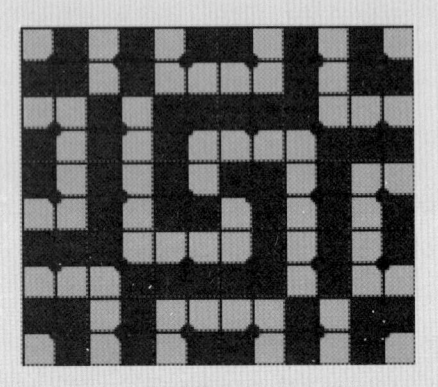

Acontecerá sempre? Por quê será?

No capítulo a seguir, analisaremos as propriedades comuns de todos os *Lunda-designs*.

Capítulo VIII

Propriedades de Lunda-designs

Procurando as características de *Lunda-designs*, os (as) leitores(as) provavelmente tenham observado as propriedades seguintes:

(I) Em cada fila, o número de quadradinhos escuros é igual ao número de quadradinhos claros (7 escuros e 7 claros no exemplo a seguir);

(II) Em cada coluna, o número de quadradinhos escuros é igual ao número de quadradinhos claros (4 no exemplo a seguir).

Um *Lunda-design* de dimensões 4 x 7

Por outras palavras, em cada fila e em cada coluna as duas cores estão em equilíbrio. Talvez seja esta propriedade de equilíbrio, esta característica duma simetria especial, que contribui para que *Lunda-designs* se tornem amiúde esteticamente atractivos?

Em termos de *Lunda-matrizes*, os números 0 e 1 estão em equilíbrio em cada fila e em cada coluna. A soma dos números numa coluna é igual ao número de pontos duma coluna da grelha (4 no exemplo). A soma dos números numa fila é igual ao número de pontos duma fila da grelha (7 no exemplo).

Provavelmente os(as) leitores(as) tenham descoberto mais duas características de *Lunda-designs*:

(III) Seja M um ponto qualquer da margem da grelha. Os dois quadradinhos encostados ao rebordo que tocam o ponto M têm cores diferentes: um é claro enquanto o outro é escuro (vide os exemplos a seguir).

(IV) Dos quatro quadradinhos encaixados entre dois pontos (horizontal ou verticalmente) vizinhos da grelha, sempre dois são claros enquanto os outros dois são escuros (vide os exemplos a seguir).

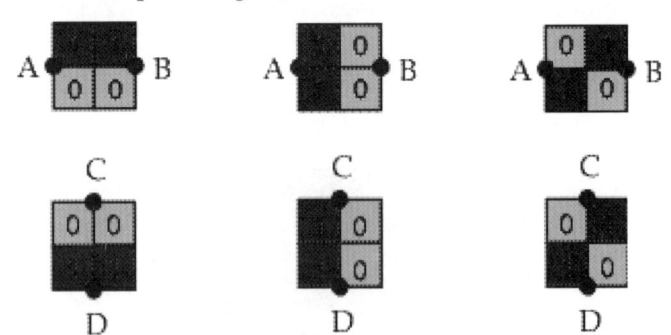

Estas duas características exprimem que as duas cores estão 'em todas as partes' em equilíbrio. Talvez resida aqui um outro fator que contribui para a beleza dos *Lunda-designs*.

A terceira propriedade (III) é evidente: quando a curva-de-espelho passa o ponto M do lado do rebordo, ela passa sucessivamente pelos quadradinhos x e y, ou, se vier no sentido oposto, pelos quadradinhos y e x. Ao enumerar módulo 2 todos os quadradinhos pelos quais a curva-de-espelho passa, os dois quadradinhos consecutivos x e y (ou na ordem inversa y e x) têm números (0 e 1) e cores (clara e escura) distintos.

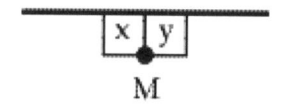

M

Para podermos demonstrar a quarta propriedade (IV) dos *Lunda-designs*, temos que tomar em conta onde se pode posicionar os espelhos pequenos. Consideremos o caso de dois pontos (A e B) da grelha que são vizinhos na direção horizontal. Temos que distinguir três situações: pode não haver nenhum espelho entre A e B; pode haver um espelho vertical no meio entre A e B; ou pode haver um espelho horizontal entre A e B:

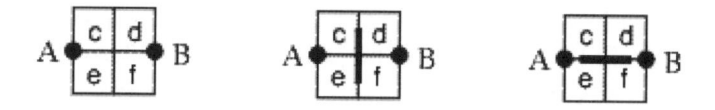

No primeiro caso, a curva-de-espelho vai diretamente de e para d, ou, inversamente, de d para e, e de c para f, ou de f para c. Por outras palavras, e e d são quadradinhos consecutivos e têm cores (clara e escura) e números (0 e 1) diferentes. Da mesma maneira, c e f tem números e cores diferentes. Ao todo há dois quadradinhos de cor escura (1) e dois de cor clara (0).

No segundo caso, temos um espelho pequeno na posição vertical. À esquerda do espelho, a curva-de-espelho passa de c para e, ou inversamente de e para c, e c e e tem cores diferentes. À direita do espelho, a curva, ao passar pelos quadradinhos, vai de d para f, ou de f para d. Assim, d e f têm cores diferentes. Ao todo há dois quadradinhos de cor escura (1) e dois de cor clara (0).

No terceiro caso, temos um espelho pequeno horizontal. Acima do espelho, a curva-de-espelho passa de c para d, ou inversamente de d para c. Os quadradinhos d e c têm cores diferentes. Abaixo do espelho, ela passa de e para f ou, de f para e. Por conseguinte, os quadradinhos f e e têm cores diferentes. E, mais uma vez, ao todo temos dois quadradinhos de cor escura (1) e dois de cor clara (0).

O raciocínio para dois pontos C e D, vizinhos na direção vertical, é similar.

Assim, demonstramos a veracidade das características (III) e (IV).

> Convida-se o(a) leitor(a) a demonstrar as características (I) e (II), utilizando as características (III) e (IV).
>
> Sugestão: faça a demonstração por indução, fila por fila, começando pela fila superior, e coluna por coluna, começando pela primeira coluna à esquerda.

As características de equilíbrio ou de simetria locais (III) e (IV) implicam as propriedades de equilíbrio e simetria globais dos *Lunda-designs*.

Inventei, em 1989, os *Lunda-designs* no contexto da pesquisa de curvas-de-espelho. Neste livro, vimos como as curvas-de-espelho geram *Lunda-designs*. Agora encontramos uma alternativa: podemos definir *Lunda-designs* na base das características (III) e (IV). Qualquer *design* (ou matriz de 0's e 1's), numa grelha de pontos, que satisfaz as propriedades (III) e (IV) podemos chamar um *Lunda-design*. Demonstrei no anexo do meu livro sobre *Lunda-designs* (GERDES, 1996, 1999), que é possível para qualquer *Lunda-design* definido deste modo construir uma curva-de-grelha que o gera.

Pode acontecer que várias curvas-de-grelha geram o mesmo *Lunda-design*. A título de exemplo, apresentam-se a seguir duas curvas-de-espelho que geram o mesmo *Lunda-design* (verifique!).

Neste exemplo, vemos que a primeira curva-de-espelho tem uma simetria rotacional de 180°, enquanto a segunda tem dois eixos de simetria. Estas simetrias implicam algumas simetrias para o *Lunda-design* que elas geram: O *Lunda-design* tem um eixo de simetria na posição vertical; uma reflexão no eixo horizontal inverte as cores; uma rotação de 180° em torno do centro do *Lunda-design* também inverte as cores!

> Convida-se o(a) leitor(a) a construir, utilizando as características (III) e (IV), alguns *Lunda-designs*.

Junto vêm dois *Lunda-designs* quadrados de dimensões 9 x 9. Observe as simetrias:

> Construa alguns *Lunda-designs* quadrados que apresentam eixos de simetria ou uma simetria rotacional de 180° ou 90°.

Nos próximos três capítulos, analisaremos alguns tipos particulares de *Lunda-designs*, sublinhando as múltiplas conexões entre *Lunda-designs* e outras áreas da Matemática. Debruçar-nos-emos sobre quadrados mágicos, determinantes, fractais e mosaicos...

Capítulo IX

Interlúdio: Um pouco de magia

Agora chegou o tempo para descansar um pouco, assistindo a um programa de magia...

Considere o seguinte *Lunda-design* quadrado:

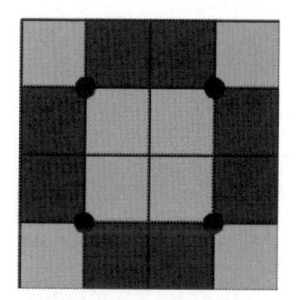

Escrevamos os números de 1 até 16 nos quadradinhos, da esquerda para a direita, fila por fila, de cima para baixo:

Giremos agora o conjunto dos números que se encontram nos quadradinhos escuros, sobre um ângulo de 180° em torno do centro:

1	15	14	4
12	6	7	9
8	10	11	5
13	3	2	16

O quadrado numérico que acabamos de construir, é um *quadrado mágico*: as somas dos números em cada uma das filas, em cada uma das colunas, e em cada uma das diagonais é constante (= 34). Mais do que isto, a soma de quaisquer dois números que se encontram em quadradinhos diametralmente equidistantes do centro é sempre igual ao primeiro número (1) mais o último número (16). Um quadrado mágico desse tipo costuma chamar-se quadrado mágico *associado* (ANDREWS, 1917).

Em vários países exploram-se quadrados mágicos no contexto escolar. Quando eu trabalhava, em 1998, como professor visitante na Universidade de Geórgia nos Estados Unidos da América, um estudante meu, Inchul Jung, mostrou-me um manual escolar sul-coreano em que se explica a construção do mesmo quadrado mágico da seguinte forma:

"Como construir um quadrado mágico 4x4? Num quadrado numérico normal, mantenha os números que se encontram nas diagonais e gire os outros sobre um ângulo de 180° em torno do centro."

1	2	3	4
5	6	7	8
9	10	11	12
13	14	15	16

O método de construção deste quadrado mágico já aparece no manual chinês *Continuação de métodos matemáticos antigos para elucidar o estranho*, composto por Yang Hui, em 1275.

A nossa construção do mesmo quadrado mágico, a partir dum *Lunda-design*, permite uma generalização bonita (GERDES, 2000). Ilustrarei a ideia da generalização para o caso da construção de quadrados mágicos associados de dimensões 8 x 8:

Considere qualquer *Lunda-design*, baseado numa grelha de 4 por 4 pontos, que apresenta tanto um eixo horizontal como um eixo vertical de simetria. Escreva os números de 1 até 64 nos quadradinhos, da esquerda para a direita, fila por fila, de cima para baixo. No fim, gire agora o conjunto dos números que se encontram nos quadradinhos escuros sobre um ângulo de 180° em torno do centro.

Aqui vêm dois exemplos:

Convida-se o(a) leitor(a) a construir *Lunda-designs* quadrados que têm eixos de simetria. Invente métodos para construir este tipo de *Lunda-designs*.

Utilize os *Lunda-designs* construídos para produzir quadrados mágicos associados de dimensões 8x8, 12x12, 16x16, ...

Convida-se o(a) leitor(a)-professor(a) a explorar quadrados mágicos associados na sala de aula.

Extra: Utilização de novas mídias para experimentação e descoberta

As novas mídias permitem que o(a) investigador(a), o(a) professor(a), o(a) estudante,... experimente bastante em contextos em que o cálculo manual seria muito penoso... Mais facilmente se pode avançar com a formulação de conjecturas interessantes (Cf. Borba; Penteado, 2001). Dos muitos exemplos que poderiam estar ligados à exploração de *Lunda-designs* gostaria de apresentar, neste momento, apenas dois para abrir o 'apetite' e ampliar o horizonte.

Com *software* frequentemente instalado em computadores, tal como Excel, pode-se, facilmente, multiplicar matrizes ou calcular determinantes de matrizes quadradas.

Calcule as determinantes de alguns quadrados mágicos construídos na seção anterior a partir de *Lunda-designs*.

Que propriedade interessante o(a) leitor(a) poderá descobrir? Todas as determinantes parecem serem iguais a ...

Formule uma conjectura e teste-a noutros casos.

Como poderá ter a certeza que algo semelhante sempre acontece?

Considere uma *Lunda-matriz* e um *Lunda-design*. Podemos obter uma outra *Lunda-matriz* e *design* ao substituirmos os 0's e 1's da primeira matriz por 1's e 0's. Substituímos as cores iniciais pelas cores complementares, como na fotografia. A nova *Lunda-matriz* podemos chamar o complemento da primeira.

Por exemplo, observe a *Lunda-matriz* L e o seu complemento L^c:

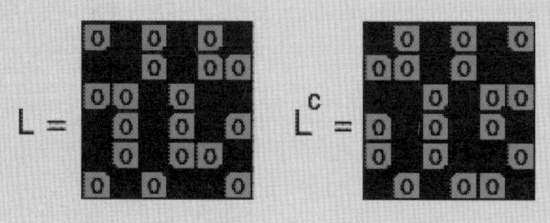

Calculemos L^2 e $(L^c)^2$.

Surpreendentemente, verifica-se que os dois quadrados são iguais, $L^2 = (L^c)^2$:

$$
\begin{array}{cccccc}
2 & 2 & 1 & 2 & 2 & 0 \\
2 & 2 & 1 & 2 & 1 & 1 \\
1 & 1 & 2 & 1 & 2 & 2 \\
1 & 1 & 2 & 1 & 1 & 3 \\
0 & 2 & 1 & 2 & 2 & 2 \\
3 & 1 & 2 & 1 & 1 & 1 \\
\end{array}
$$

Será um caso muito particular? Experimente com outras *Lunda-matrizes* quadradas.

Formule uma conjectura.

Considere a seguinte *Lunda-matriz* quadrada M:

Recordemos que a matriz transposta M^T é a matriz que obtemos ao tomarmos as filas da matriz M como colunas:

$$
M = \begin{bmatrix}
0 & 1 & 1 & 0 \\
1 & 0 & 0 & 1 \\
0 & 1 & 0 & 1 \\
1 & 0 & 1 & 0 \\
\end{bmatrix}
\qquad
M^T = \begin{bmatrix}
0 & 1 & 0 & 1 \\
1 & 0 & 1 & 0 \\
1 & 0 & 0 & 1 \\
0 & 1 & 1 & 0 \\
\end{bmatrix}
$$

Calculemos as potências ímpares da matriz M:

$$
M^3 = \begin{bmatrix}
3 & 1 & 3 & 1 \\
1 & 3 & 1 & 3 \\
1 & 3 & 3 & 1 \\
3 & 1 & 1 & 3 \\
\end{bmatrix}
\qquad
M^5 = \begin{bmatrix}
10 & 6 & 6 & 10 \\
6 & 10 & 10 & 6 \\
10 & 6 & 10 & 6 \\
6 & 10 & 6 & 10 \\
\end{bmatrix}
$$

Observamos que a matriz M^3 tem a mesma estrutura que a matriz M^T. De fato, se tomarmos os elementos da matriz M^3 módulo 3, obtemos M^T. Por outras palavras,

$M^3 \bmod 3 \equiv M^T$.

A matriz M^5 tem a mesma estrutura que a própria matriz M. Temos

$M^5 \bmod 5 = M$.

Ao calcular mais potências da matriz M, podemos descobrir que

$M^7 \bmod 7 \equiv M^{11} \bmod 11 \equiv M^{15} \bmod 3 \equiv M^{19} \bmod 19 \equiv \dots \equiv M^T$.

e

$M^9 \bmod 3 \equiv M^{13} \bmod 13 \equiv M^{17} \bmod 17 \equiv M^{21} \bmod 3 \equiv M^{25} \bmod 5 \equiv \dots \equiv M$.

Não é uma surpresa bela?

Formule uma conjectura geral.

Sem calcular, adivinhe

$M^{59} \bmod 59 \equiv ?$

Escolhe uma outra *Lunda-matriz* quadrada e experimente. Será que se verifica algo semelhante?

Capítulo X

Fractais

Fractais já constituem um tema interessante para exploração em diversos níveis de ensino. É possivel construir fractais planos a partir de *Lunda-designs*, pelo método de remoção (Gerdes, 1997b, 1999a).[13]

À esquerda apresenta-se um *Lunda-design*. Eliminando dele os quadradinhos claros obtemos o gerador para produzirmos um fractal.

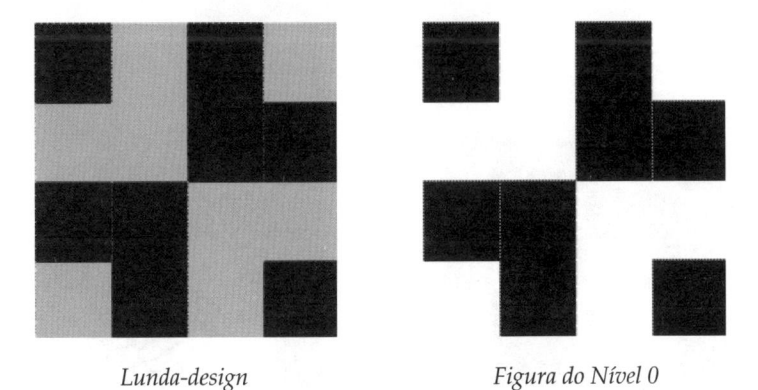

Lunda-design　　　　　　　*Figura do Nível 0*

---

[13] Para uma explicação da construção de fractais por remoção, vide (BARBOSA, 2002, p. 144-146).

De um nível para o nível sucessivo substituímos cada quadrado pela figura do nível:

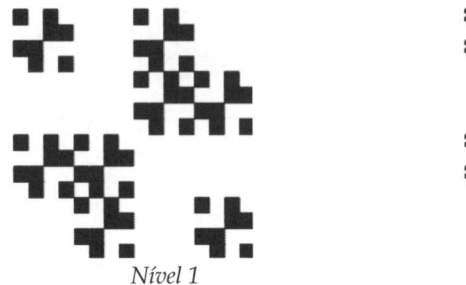

Nível 1   *Nível 2*

Aqui vem um exemplo, em que começamos com um construído sobre uma grelha de 3 x 3, em de vez de 2 x 2 como no exemplo anterior:

Lunda Design

Gerador   Nível 1

No terceiro exemplo, o Lunda-design inicial tem uma grelha de 4 x 4 de base:

Lunda-design

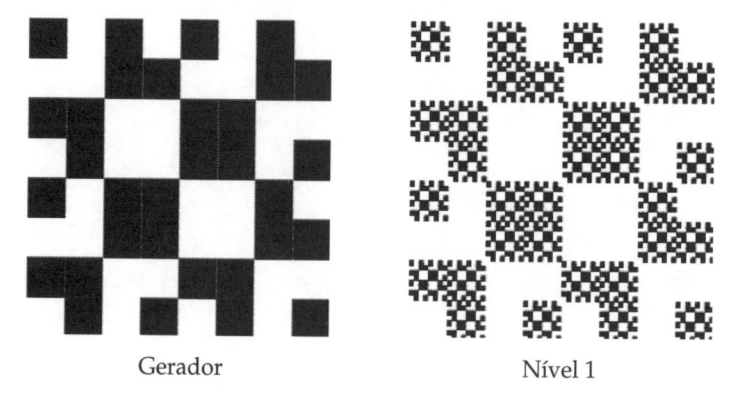

Gerador   Nível 1

Convida-se o(a) leitor(a) a construir alguns *Lunda-designs* quadrados e a gerar, a partir deles, os primeiros níveis de alguns belos fractais.

Capítulo XI

Mosaicos

Até este momento considerámos *Lunda-designs finitos*. Ao 'eliminarmos' o rebordo retangular e ao estendermos o *Lunda-design* em todas as direções do plano, poderemos construir *padrões infinitos*. Fazendo isto de tal modo que, em todas as direções, se repita uma determinada figura de base, um determinado motivo, poderemos criar mosaicos (cf. GERDES, 1996).

Considere uma grelha infinita.

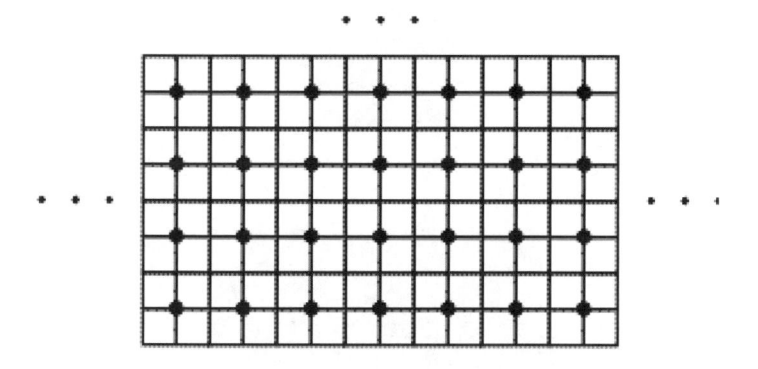

Os pontinhos acima, abaixo, à esquerda e à direita da parte da grelha representada significam que se pode estender a grelha em todas as direções.

Poderemos colorir os quadradinhos da grelha infinita utilizando duas cores, digamos, uma cor clara e uma cor escura. Chamamos o padrão infinito colorido um *Lunda-design bidimensional* se o padrão satisfaz a nossa quarta característica (capítulo 8):

(IV) Dos quatro quadradinhos encaixados entre dois pontos (horizontal ou verticalmente) vizinhos da grelha, sempre dois são claros, enquanto os outros dois são escuros (vide os exemplos a seguir).

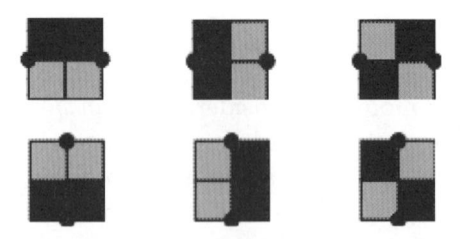

Um *Lunda-design* bidimensional que tem um motivo que se repita em todas as direções chamaremos um *Lunda-mosaico*.

Consideremos um exemplo. Tomemos o seguinte *Lunda-design* como motivo:

Com este motivo, podemos construir o seguinte *Lunda-mosaico:*

Na representação deste *Lunda-mosaico,* não reproduzi os pontos da grelha nem os rebordos dos quadradinhos.

Tanto este *Lunda-mosaico* como o seguinte já tinha sido utilizado como mosaico na cidade de Roma antiga (vide as fotografias em FIELD, p. 13, 17):

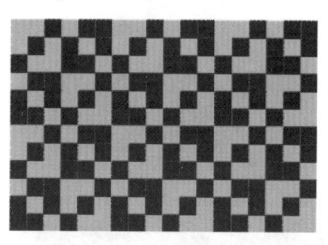

Convida-se o(a) leitor(a) a construir vários *Lunda-mosaicos.* Sugestão: utilize papel quadriculado.

A seguir apresento alguns exemplos de *Lunda-mosaicos* que têm várias simetrias.

Todos estes *Lunda-mosaicos* podem ser explorados na decoração de diversos objetos. Por exemplo, observei o último mosaico tanto na ornamentação de azulejos dum prédio em Maputo, como recentemente numa carteira de moda parisiense.

Analise as simetrias dos *Lunda-mosaicos* apresentados.

Convida-se o(a) leitor(a) a construir *Lunda-mosaicos* com simetrias axial ou rotacional.

Observe mosaicos e analise se podem ser considerados *Lunda-mosaicos* ou não.

Emblemas decorativos finitos

Uma outra forma de construir padrões decorativos reside no seguinte. Construa numa grelha uma banda poligonal fechada e analise se é possível colorir o seu interior obedecendo à quarta característica dos *Lunda-designs*. O exemplo mostra uma possibilidade.

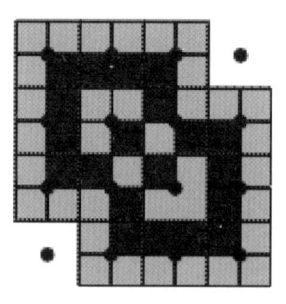

Depois pode-se reproduzir o padrão decorativo já sem indicar os pontos da grelha nem os rebordos dos quadradinhos.

Aqui vêm quatro padrões decorativos construídos desse modo a partir do mesmo rebordo poligonal. Analise se existem ainda mais possibilidades.

Convida-se o(a) leitor(a) a inventar padrões decorativos bonitos, que satisfazem a característica dum *Lunda-design*. Explore várias simetrias.

Depois do interlúdio em que exploramos quadrados mágicos, determinantes, fractais e mosaicos, chegou o momento para descobrirmos um tipo especial de *Lunda-design* com propriedades muito atraentes. No capítulo que se segue, apresentarei os *Liki-designs*.

Capítulo XII

Inventando *Liki-designs*

Foi em Maio de 2001. Tinha lesionado o meu pé direito e estava sentado, no jardim, numa cadeira a observar a festinha do quarto aniversário da minha filha mais nova, Likilisa, quando surgiu, de repente, uma ideia. A ideia de alterar um pouco uma das propriedades características de *Lunda-designs* e de considerar a subclasse particular de *Lunda-designs* que satisfazem a nova característica. Já no mesmo dia verificou-se que era uma classe extremamente interessante, com belíssimas propriedades, e naturalmente dei o nome de *Liki-designs* aos desenhos, honrando a minha fonte de inspiração, Likilisa:

Vimos no capítulo 8 que *Lunda-designs* podem ser definidos a partir de duas propriedades características:

(a) Seja M um ponto qualquer da margem da grelha. Os dois quadradinhos encostados ao rebordo que tocam o ponto M têm cores diferentes: um é claro, enquanto o outro é escuro (vide os exemplos a seguir).

(b) Dos quatro quadradinhos encaixados entre dois pontos quaisquer, horizontal ou verticalmente vizinhos da grelha, sempre dois são claros, enquanto os outros dois são escuros (vide os exemplos a seguir).

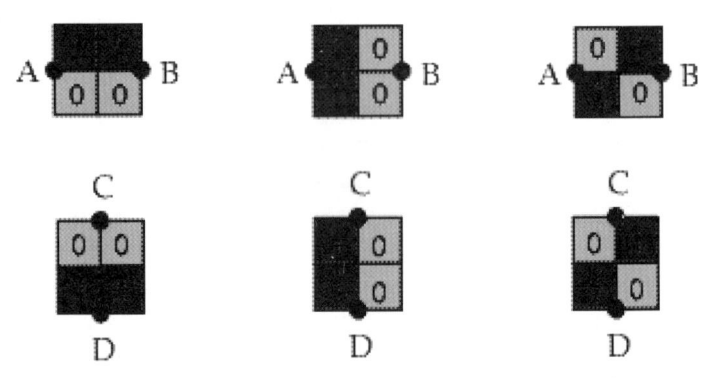

Ao definir *Liki-designs*, a ideia consiste em 'reforçar' a segunda característica do seguinte modo:

(b') Dos quatro quadradinhos encaixados entre dois pontos quaisquer, horizontal ou verticalmente vizinhos da grelha, sempre dois quadradinhos adjacentes são claros, enquanto os outros dois são escuros (vide os exemplos a seguir).

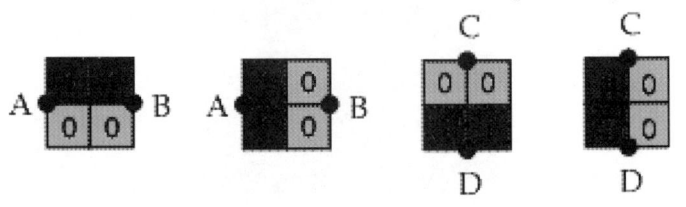

Por outras palavras, já não se permitem situações do tipo

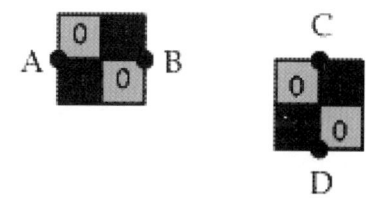

que eram admissíveis para *Lunda-designs* em geral.

A nova segunda característica (b′) pode ser descrita da seguinte maneira (cf. GERDES, 2002b & c). Considere os quatro quadradinhos encaixados entre dois pontos (horizontal ou verticalmente) vizinhos da grelha. Quando dois desses quadradinhos não se encontram na mesma fila nem na mesma coluna, então eles têm cores diferentes:

Observemos uma consequência imediata disto para *Liki-designs*: Quando observamos uma sequência de quadradinhos que passa dum destes modos pela grelha de pontos

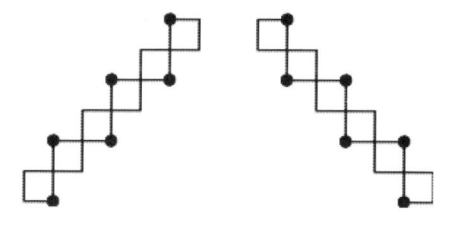

então tanto as cores dos quadradinhos como os números neles inscritos se *alternam*. A figura mostra um exemplo:

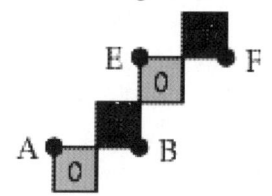

Aqui vem um exemplo dum *Liki-design* (verifique!) de dimensões 4 x 8.

Convida-se o(a) leitor(a) a construir alguns *Liki-designs*.

Construa todos os *Liki-designs* de dimensões 2 x 2.

Construa todos os *Liki-designs* de dimensões 2 x 3.

Construa todos os *Liki-designs* de dimensões 3 x 3.

Será que *Liki-designs* quadrados gozam de alguma propriedade especial?

Junto vêm alguns exemplos de *Liki-designs* de dimensões 5 x 5:

As diagonais de todos estes *Liki-designs* de dimensões 5 x 5 são eixos de simetria. Encontre os outros *Liki-designs* das mesmas dimensões. Quantos são ao todo?

Será que as diagonais de *Liki-designs* quadrados sempre são eixos de simetria?

Descubra uma conjectura para o número total de *Liki-designs* quadrados de dimensões *m* x *m*, onde *m* representa um número natural qualquer. Tente demonstrá-la.

Formule uma conjectura para o número total de *Liki-designs* de dimensões *m* x *n*, onde *m* e *n* representam números naturais quaisquer. Considere a seguinte *Liki-matriz* quadrada A.

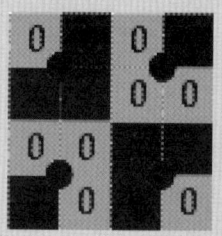

Calcule algumas potências de A: $A^2, A^3, A^4, A^5, A^6, A^7, ...$

Observe bem as matrizes obtidas. Você consegue observar uma particularidade?

Considere outra *Liki-matriz* quadrada e calcule algumas das suas potências. Você pode descobrir algo de interessante?

Se quiser, nestes cálculos poderá utilizar um programa de computador, como Excel, para executá-los mais fácil e mais rapidamente.

Experimente!

Respostas às questões aqui colocadas serão apresentadas no capítulo seguinte.

Capítulo XIII

Estrutura cíclica de Liki-designs

Voltemos para a nossa pergunta "Quantos *Liki-designs* de determinadas dimensões poderemos construir?" Tentaremos obter em primeiro lugar uma resposta para uma pergunta mais simples: "Quantos *Liki-designs* quadrados de determinadas dimensões poderemos construir?" Passo a passo, como uma tartaruga, vamos chegar longe.

Inspiremo-nos na representação cokwe duma tartaruga. Começa-se por desenhar três curvas fechadas e depois se acrescenta as quatro patas e a cabeça:

Perguntemo-nos "Quantos *Liki-designs* de dimensões 3 por 3 existem?" Consideremos uma grelha 3 por 3. Se colorirmos o quadradinho *a* de cor escura, então, de acordo com a segunda característica de *Liki-designs*, temos de colorir o quadradinho *b* de cor clara, e o quadradinho *c* fica escuro. Chegamos ao rebordo. Qual será agora a cor do quadradinho *d*?

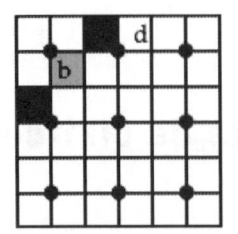 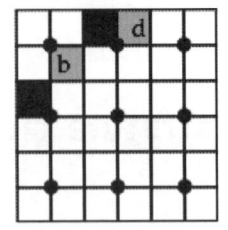

De acordo com a primeira característica de *Liki-designs*, os quadradinhos c e d devem ter cores diferentes. Por conseguinte, o quadradinho d fica claro. Continuemos a alternar as cores, até fechar o ciclo:

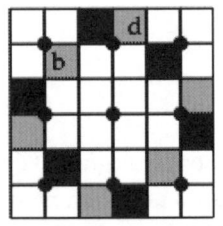

Para este ciclo temos duas possibilidades, dependendo se começamos no quadradinho *a* com a cor escura, tal como ilustrado, ou com a cor clara. A colorização alternativa é:

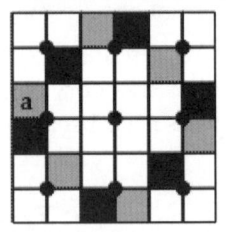

Tal como no desenho da tartaruga, há mais duas curvas fechadas, ou seja, mais dois ciclos. Há duas colorizações possíveis para o primeiro ciclo:

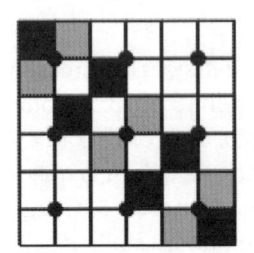 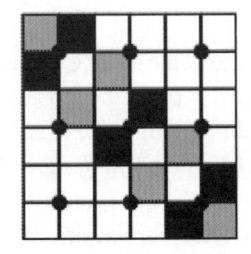

e duas colorizações para o último ciclo:

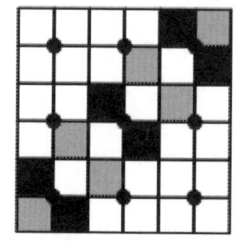 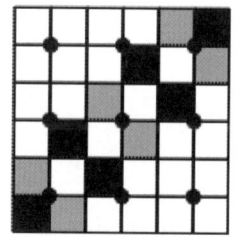

Resumindo, *Liki-designs* de dimensões 3 por 3 compõem-se de três ciclos. Para cada ciclo há duas colorizações possíveis. Assim, ao todo, temos $2 \times 2 \times 2$, ou 2^3, ou 8 *Liki-designs* diferentes de dimensões 3 x 3.

Da mesma maneira, mostra-se que um *Liki-design* de dimensões 4 por 4 é composto por 4 ciclos. Existem 2^4, ou seja, 16 *Liki-designs* de dimensões 4 por 4.

Em geral, um Liki-design de dimensões m x m é composto por m ciclos. Existem 2^m *Liki-designs* de dimensões m por m.

Surge agora a questão de quantos *Liki-designs* se pode construir quando não se trata de *Liki-designs* quadrados. Provavelmente, depende do número de ciclos...

Extra: Enumeração de Liki-designs não quadrados

Inspiremos-nos, mais uma vez, no saber dos mestres cokwe. Para desenhar o seu símbolo de amizade, precisa-se de uma única linha fechada:

 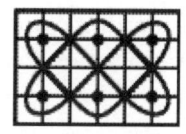

Por consequência, cada *Liki-design* de dimensões de 2 por 3 só tem um único ciclo. Este ciclo tem duas colorizações possíveis e, assim, só existem dois *Liki-designs* de dimensões 2 por 3.

Observemos o desenho cokwe que representa um antílope. Consiste duma única linha fechada à volta duma grelha de dimensões 3 por 4, e, no fim, juntam-se a cauda, as patas e a cabeça:

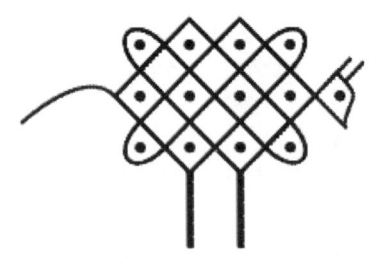

A partir deste desenho, podemos concluir que cada *Liki-design* de dimensões 3 por 4 tem um único ciclo e que existem apenas dois *Liki-designs* destas dimensões.

Os mestres cokwe sabem que só se precisa duma única linha fechada do tipo considerado para abraçar todos os pontos duma grelha de dimensões de m por n, se m e n forem *números primos entre si*. Por outras palavras, *Liki-designs* de dimensões m por n têm apenas um único ciclo, se o *máximo divisor comum* (mdc) de m e n for igual a 1.

Convida-se o(a) leitor(a) a mostrar que o número de linhas fechadas, do tipo considerado, necessárias para abraçar todos os pontos duma grelha de dimensões p por q, é igual ao mdc (p, q).

Logo que seja concluída a demonstração solicitada, podemos deduzir que cada *Liki-design* de dimensões m por n é composto por um número de ciclos igual ao mdc (m, n).

Uma vez que para cada ciclo existem duas colorizações (o primeiro quadradinho pode ser colorido ou de cor clara ou de cor escura), chegamos ao resultado final de que existem

$$2^{\text{mdc }(m,\, n)}$$

Liki-designs de dimensões de m por n.

Chegamos longe, seguindo a tartaruga! E, talvez surpreendentemente, reencontramos um 'velho amigo' da escola primária, o máximo divisor comum de dois números naturais.

No capítulo seguinte, analisaremos o que acontecerá com a estrutura cíclica de *Liki-designs* quadrados ao calcularmos as suas potências.

Capítulo XIV

Potências de Liki-designs quadrados: a caminho duma descoberta

Observemos o seguinte *Liki-design* de dimensões 2 por 2. A *Liki-matriz* correspondente tem dimensões 4 por 4:

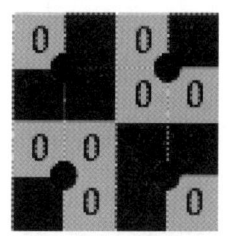

Já sabemos que este *Liki-design* tem uma estrutura cíclica, sendo composto por dois ciclos:

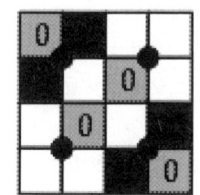 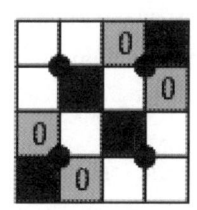 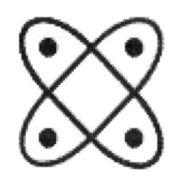

Podemos colocar-nos várias questões. O que acontecerá com esta *Liki-matriz* A se a multiplicarmos por si mesma? Será que as potências de A têm também ciclos em que 0's e 1's se alternam? Ou terão outros ciclos? Ou não terão ciclo nenhum?

Experimentemos. Calculemos A^2, A^3, A^4, ...

0	1	0	1
1	1	0	0
0	0	1	1
1	0	1	0

A

2	1	1	0
1	2	0	1
1	0	2	1
0	1	1	2

A^2

1	3	1	3
3	3	1	1
1	1	3	3
3	1	3	1

A^3

6	4	4	2
4	6	2	4
4	2	6	4
2	4	4	6

A^4

6	10	6	10
10	10	6	6
6	6	10	10
10	6	10	6

A^5

20	16	16	12
16	20	12	16
16	12	20	16
12	16	16	20

A^6

28	36	28	36
36	36	28	28
28	28	36	36
36	28	36	28

A^7

72	64	64	56
64	72	56	64
64	56	72	64
56	64	64	72

A^8

120	136	120	136
136	136	120	120
120	120	136	136
136	120	136	120

A^9

O que podemos observar?

Surpreendentemente, A^3, A^5, A^7 e A^9 têm a mesma estrutura cíclica que a própria *Liki-matriz A*. Na matriz A^3 os números 1 e 3 alternam-se em ambos os ciclos; na matriz A^5 os números 6 e 10 alternam-se em ambos os ciclos, etc.

As matrizes A^2, A^4, A^6, ... têm uma estrutura interessante, mas diferente da *Liki-matriz A*. Em cada uma dessas matrizes verifica-se

   *   os elementos da diagonal principal são iguais entre si;

   *   os elementos da diagonal secundária são iguais entre si;

   *   os outros elementos da matriz são todos iguais entre si e formam um ciclo.

Por conseguinte, as matrizes A^2, A^4, A^6, ... têm a seguinte estrutura cíclica:

 ou simplesmente

Convida-se o(a) leitor(a) a observar quais são as particularidades dos números que aparecem nas matrizes A^2, A^3, A^4,...

Investigue outras *Liki-matrizes* de dimensões 4 por 4 e verifique se as suas potências pares e ímpares tenham as mesmas estruturas cíclicas que as potências da *Liki-matriz* A.

Convida-se o(a) leitor(a) a experimentar com *Liki-matrizes* de outras dimensões.

Recordemos que formas semelhantes às duas estruturas cíclicas

que acabamos de descobrir, já tínhamos encontrado antes, no capítulo 2, como a frente e o verso do padrão 'pé do leão' em esteiras feitas por mulheres makwe do Nordeste de Moçambique. Mais tarde voltaremos a esta semelhança.

Avancemos agora com *Liki-designs* maiores.

Consideremos o seguinte *Liki-design* de dimensões 3 por 3:

Seja B a *Liki-matriz* correspondente. Calculando as primeiras potências de B, obtemos:

0	1	0	1	0	1
1	1	0	1	0	0
0	0	0	1	1	1
1	1	1	0	0	0
0	0	1	0	1	1
1	0	1	0	1	0

B^1

3	2	2	1	1	0
2	3	1	2	0	1
2	1	3	0	2	1
1	2	0	3	1	2
1	0	2	1	3	2
0	1	1	2	2	3

B^2

3	6	2	7	3	6
6	7	3	6	2	3
2	3	3	6	6	7
7	6	6	3	3	2
3	2	6	3	7	6
6	3	7	2	6	3

B^3

19	16	16	11	11	8
16	19	11	16	8	11
16	11	19	8	16	11
11	16	8	19	11	16
11	8	16	11	19	16
8	11	11	16	16	19

B^4

Observamos que B^3 tem a mesma estrutura cíclica que a *Liki-matriz* B: no primeiro ciclo, os números 3 e 6 alternam-se; no segundo ciclo, os números 2 e 7, e no terceiro, de novo, os números 3 e 6. As matrizes B^2 e B^4 têm diagonais constantes, ou seja, em cada diagonal os elementos são iguais entre si. Para além disto, há dois ciclos em cada matriz. Por exemplo, o primeiro ciclo da matriz B^2 é composto por 2's:

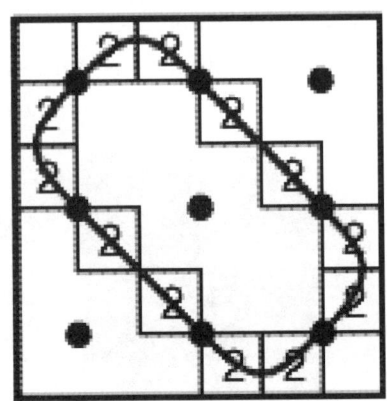

Aparentemente as potências pares B^2, B^4, B^6, ... têm a seguinte estrutura cíclica

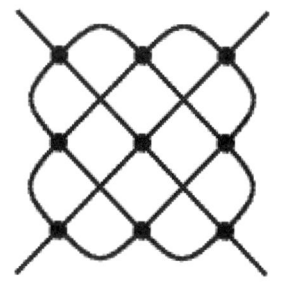

e as potências ímpares B^3, B^5, B^7, ... têm a mesma estrutura cíclica que a própria *Liki-matriz* B:

Formule uma conjectura sobre as estruturas cíclicas de *Liki-matrizes*.

Teste a conjectura em mais alguns casos. Corrija a conjectura, se for necessário, e tente encontrar uma demonstração.

Escolha duas *Liki-matrizes*, P e Q, das mesmas dimensões. Calcule PQ e QP. Que bela surpresa encontra?

Observe a estrutura da matriz PQ. Tem uma estrutura cíclica? Caso sim, será a estrutura cíclica de P ou de P^2?

Escolha outras *Liki-matrizes*. Experimente. Descubra conjecturas. Tente demonstrá-las.

> Teste a conjectura em mais alguns casos. Corrija a conjectura, se for necessário, e tente encontrar uma demonstração.

Descobrimos neste capítulo que as potências de *Liki-designs* de determinadas dimensões têm duas estruturas cíclicas (cf. Gerdes, 2002 b & c). Será que poderemos tentar definir um tipo mais geral de matriz que tem uma estrutura cíclica? Será que poderemos definir, digamos, *matrizes cíclicas*? Este será o tema do próximo capítulo.

Capítulo XV

Introduzindo matrizes cíclicas

A minha exploração de *Liki-designs* levou-me, em 2001, a introduzir o conceito de *matriz cíclica*, iniciando belas aventuras no mundo das matrizes.[14]

Liki-matrizes de dimensões 4 por 4 são compostas por dois ciclos em que 0's e 1's se alternam. Podemo-nos perguntar o que acontece se construirmos matrizes compostas por ciclos em que outros números se alternam. Experimentemos com um exemplo.

Consideremos as matrizes *M* e *N*. Ambas as matrizes têm dois ciclos alternados. No primeiro ciclo da matriz *M*, os números 3 e 4 alternam-se; no seu segundo ciclo, os números 1 e 2 alternam-se.

$$M = \begin{bmatrix} 3 & 4 & 1 & 2 \\ 4 & 2 & 3 & 1 \\ 1 & 3 & 2 & 4 \\ 2 & 1 & 4 & 3 \end{bmatrix} \qquad N = \begin{bmatrix} -1 & 5 & -2 & 3 \\ 5 & 3 & -1 & -2 \\ -2 & -1 & 3 & 5 \\ 3 & -2 & 5 & -1 \end{bmatrix}$$

---

[14] Vide o meu livro *Adventures in the World of Matrices* (GERDES, 2008a), publicado em Nova Iorque na série *Estudos Matemáticos Contemporâneos*.

Calculemos os produtos MN e NM:

$$MN = \begin{vmatrix} 21 & 22 & 3 & 4 \\ 3 & 21 & 4 & 22 \\ 22 & 4 & 21 & 3 \\ 4 & 3 & 22 & 21 \end{vmatrix} \qquad NM = \begin{vmatrix} 21 & 3 & 22 & 4 \\ 22 & 21 & 4 & 3 \\ 3 & 4 & 21 & 22 \\ 4 & 22 & 3 & 21 \end{vmatrix}$$

Observamos que NM é igual à matriz transposta de MN. Ambos os produtos MN e NM têm a mesma estrutura cíclica que o quadrado dum *Liki-matriz* das mesmas dimensões:

Todas as diagonais são constantes. E ambas as matrizes têm um ciclo alternado de 3's e 22's. No caso das *Liki-matrizes*, este ciclo era constante. Agora, ao generalizarmos o conceito, vemos que, neste exemplo, o ciclo é alternado.

> Convida-se o(a) leitor(a) a experimentar com outras matrizes compostas por dois ciclos alternados.
>
> Formule conjecturas e tente demonstrá-las.

Multipliquemos agora duas matrizes quaisquer compostas por dois ciclos alternados, em que a, b, c, d, e, f, g, e h são números quaisquer.

$$\begin{vmatrix} a & b & c & d \\ b & d & a & c \\ c & a & d & b \\ d & c & b & a \end{vmatrix} \times \begin{vmatrix} e & f & g & h \\ f & h & e & g \\ g & e & h & f \\ h & g & f & e \end{vmatrix} = \quad ?$$

Em conformidade com a definição da multiplicação de matrizes a matriz, que resulta da multiplicação é a seguinte:

ae+bf+cg+dh	af+bh+ce+dg	ag+be+ch+df	ah+bg+cf+de
be+df+ag+ch	bf+dh+ae+cg	bg+de+ah+cf	bh+dg+af+ce
ce+af+dg+bh	cf+ah+de+bg	cg+ae+dh+bf	ch+ag+df+be
de+cf+bg+ah	df+ch+be+ag	dg+ce+bh+af	dh+cg+bf+ae

Os elementos na diagonal principal são iguais, uma vez que se pode alterar a ordem das parcelas a adicionar:

ae+bf+cg+dh = bf+dh+ae+cg = cg+ae+dh+bf = dh+cg+bf+ae.

Seja p = ae+bf+cg+dh. Assim, na diagonal principal da matriz resultante da multiplicação das matrizes, temos quatro vezes o número p. Da mesma maneira, os elementos na diagonal secundária são iguais, uma vez que se pode alterar a ordem das parcelas a adicionar:

ah+bg+cf+de = bg+de+ah+cf = cf+ah+de+bg = de+cf+bg+ah.

Seja q = ah+bg+cf+de. Assim, na diagonal secundária da matriz, resultante da multiplicação das matrizes temos quatro vezes o número q.

Resta-nos analisar se o ciclo formado pelos outros elementos é um ciclo alternado ou não:

p	**af+bh+ce+dg**	ag+be+ch+df	q
be+df+ag+ch	p	q	**bh+dg+af+ce**
ce+af+dg+bh	q	p	ch+ag+df+be
q	df+ch+be+ag	**dg+ce+bh+af**	p

Seja r o segundo elemento da primeira fila, ou seja, r = af+bh+ce+dg. Uma vez que se pode alterar a ordem das quatro parcelas sem se alterar o valor, temos:

r = af+bh+ce+dg = bh+dg+af+ce = ce+af+dg+bh = dg+ce+bh+af.

Sendo s o terceiro elemento da primeira fila, ou seja, s = ag+be+ch+df, temos da mesma maneira:

s = ag+be+ch+df = be+df+ag+ch = ch+ag+df+be = df+ch+be+ag.

Por conseguinte, a matriz que resulta da multiplicação de duas matrizes quaisquer compostas por dois ciclos alternados

p	r	s	q
s	p	q	r
r	q	p	s
q	s	r	p

é uma matriz que, por sua vez, tem uma estrutura cíclica:

Se quisermos, podemos representar o resultado que acabamos de demonstrar do seguinte modo:

Temos duas estruturas cíclicas para matrizes de dimensões 4 por 4. Quando se multiplica uma matriz da primeira estrutura por outra da primeira estrutura, obtemos uma matriz da segunda estrutura. Que nome seria assim apropriado para cada uma das duas estruturas cíclicas?

Ao multiplicarmos números positivos e negativos, temos

negativo x negativo = positivo.

Assim, podemos chamar as matrizes de dimensões 4 por 4 com a primeira estrutura cíclica, ⊗, *matrizes cíclicas negativas*. E as matrizes com a segunda estrutura cíclica, ⊗, *matrizes cíclicas positivas*. Para justificar estes dois nomes, teremos que verificar o que acontece com as outras multiplicações possíveis:

negativo x positivo = ...

positivo x negativo = ...

positivo x positivo = ...

Convida-se o(a) leitor(a) a investigar os três casos restantes da multiplicação de matrizes cíclicas alternadas de dimensões 4 por 4

$$⊗ \text{ x } ⊗ =$$

$$⊗ \text{ x } ⊗ =$$

$$⊗ \text{ x } ⊗ =$$

As demonstrações nos três casos restantes são similares à primeira demonstração. Obtém-se a seguinte tábua de multiplicação para matrizes cíclicas alternadas de dimensões 4 por 4:

x	⊗	⊗
⊗	⊗	⊗
⊗	⊗	⊗

A semelhança com a tábua de multiplicação de números positivos e negativos é perfeita:

x	—	+
—	+	—
+	—	+

E, deste modo, a utilização das expressões 'positiva' e 'negativa' para os dois tipos de matrizes cíclicas alternadas de dimensões 4 por 4 é mesmo bem justificada.

Pode acontecer que uma matriz cíclica alternada de dimensões 4 por 4 seja ao mesmo tempo positiva e negativa?

Quais são as simetrias axiais ou rotacionais que matrizes cíclicas alternadas de dimensões 4 por 4 podem apresentar?

Sejam A e B duas matrizes cíclicas alternadas positivas de dimensões 4 por 4. Compare AB com BA. Haverá alguma propriedade que se poderá descobrir?

No contexto cultural completamente distinto da frente e do verso das esteiras makwe do Nordeste de Moçambique (capítulo 2), justifica-se agora que se fale na *imagem positiva*, ⧖, do padrão 'pé de leão' dum lado e na sua *imagem negativa*, ⧖, doutro lado da esteira.

Convida-se o(a) leitor(a) a refletir sobre as seguintes questões:

No caso de dimensões 6 por 6, como se podem definir matrizes cíclicas alternadas? Como se pode definir matrizes cíclicas alternadas positivas e negativas?

No caso de dimensões 8 por 8, como se podem definir matrizes cíclicas alternadas? Como se pode definir matrizes cíclicas alternadas positivas e negativas?

No caso de dimensões 2m por 2m, sendo *m* um número natural, como se podem definir matrizes cíclicas alternadas? Como se pode definir matrizes cíclicas alternadas positivas e negativas?

No capítulo seguinte, analisaremos como se pode generalizar o conceito de matriz cíclica.

Capítulo XVI

Generalizando o conceito de matrizes cíclicas

No caso de dimensões 6 por 6, matrizes cíclicas alternadas têm as seguintes estruturas cíclicas positiva e negativa:

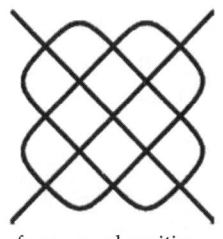 

forma geral positiva   forma geral negativa

De acordo com as respectivas estruturas cíclicas positiva e negativa, matrizes cíclicas alternadas de dimensões 6 por 6 têm as seguintes formas gerais, em que as letras representam números quaisquer:

p	r	s	t	u	q
s	p	u	r	q	t
r	t	p	q	s	u
u	s	q	p	t	r
t	q	r	u	p	s
q	u	t	s	r	p

forma geral positiva

a	b	c	d	e	f
b	d	a	f	c	e
c	a	e	b	f	d
d	f	b	e	a	c
e	c	f	a	d	b
f	e	d	c	b	a

forma geral negativa

> Convida-se o(a) leitor(a) a construir as estruturas positiva e negativa para matrizes cíclicas alternadas de dimensões 8 por 8. Construa também as formas gerais correspondentes.

Avancemos com uma generalização. Sendo m um número natural qualquer, podemos definir duas estruturas cíclicas para matrizes de dimensões $2m$ por $2m$. Uma matriz cíclica alternada positiva dessas dimensões tem as suas diagonais constantes e apresenta $(m-1)$ ciclos alternados, enquanto uma matriz cíclica alternada negativa das mesmas dimensões tem m ciclos alternados.

Chegar a estas definições depois de todo o trabalho preparatório e experimental já realizado não foi difícil. Experimentando com várias dimensões concretas, podemos descobrir algumas conjecturas relativas às propriedades das matrizes cíclicas alternadas. Por exemplo, podemos adivinhar que a multiplicação das matrizes cíclicas alternadas positivas e negativas obedece à regra dos sinais dos números positivos e negativos. Ou podemos conjecturar que os produtos AB e BA de duas matrizes cíclicas alternadas positivas, A e B, são iguais, ou seja, A e B comutam-se.

> Experimente! Conjecture algumas propriedades gerais de matrizes cíclicas alternadas de dimensões pares.

Uma vez descobertas, em casos concretos, as belas propriedades das matrizes cíclicas de dimensões 6 por 6, 8 por 8, 10 por 10, ... e conjecturadas algumas características gerais atrativas das matrizes cíclicas alternadas, resta, naturalmente, a tarefa talvez árdua de encontrar demonstrações...

O fato de estarmos a considerar, até este momento, somente matrizes cíclicas alternadas de dimensões pares surge da circunstância da descoberta das mesmas no contexto da análise dos *Liki-designs* quadrados: A cada *Liki-design* de dimensões m por m corresponde uma *Liki-matriz* de dimensões $2m$ por $2m$. Não poderemos libertar-nos do contexto dos Liki-designs e definir matrizes cíclicas de dimensões ímpares?

Para ficar com uma ideia, experimentemos com as dimensões 5 por 5. Tentemos construir uma estrutura cíclica correspondente.

Construamos um primeiro ciclo alternado:

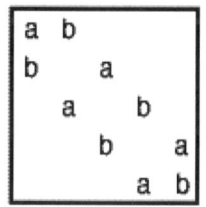

primeiro ciclo — Primeiro ciclo alternado

Construamos um segundo ciclo alternado:

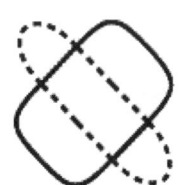
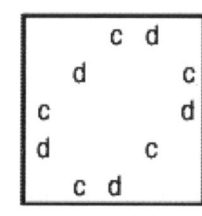

Não há espaço para um terceiro ciclo. Só ficamos com a diagonal secundária. Escolhamos todos os elementos da diagonal secundária iguais entre si. Deste modo completamos uma estrutura cíclica para matrizes das dimensões 5 por 5:

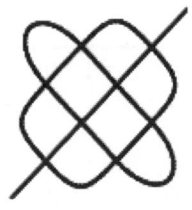
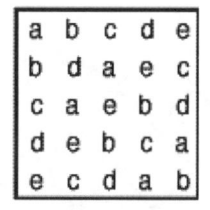

Estrutura cíclica — forma geral

Será uma estrutura cíclica interessante? Será que faz sentido denominá-la de 'positiva' ou de 'negativa'?

Experimentemos com duas matrizes, A e B, com a forma e a estrutura cíclicas construídas:

$$\begin{array}{ccccc} 2 & 3 & 0 & -1 & 4 \\ 3 & -1 & 2 & 4 & 0 \\ 0 & 2 & 4 & 3 & -1 \\ -1 & 4 & 3 & 0 & 2 \\ 4 & 0 & -1 & 2 & 3 \end{array}$$

A

$$\begin{array}{ccccc} 3 & -2 & 1 & 5 & -3 \\ -2 & 5 & 3 & -3 & 1 \\ 1 & 3 & -3 & -2 & 5 \\ 5 & -3 & -2 & 1 & 3 \\ -3 & 1 & 5 & 3 & -2 \end{array}$$

B

Calculando os produtos AB e BA, obtemos as seguintes matrizes:

$$\begin{array}{ccccc} -17 & 18 & 33 & 12 & -14 \\ 33 & -17 & -14 & 18 & 12 \\ 18 & 12 & -17 & -14 & 33 \\ -14 & 33 & 12 & -17 & 18 \\ 12 & -14 & 18 & 33 & -17 \end{array}$$

$$\begin{array}{ccccc} -17 & 33 & 18 & -14 & 12 \\ 18 & -17 & 12 & 33 & -14 \\ 33 & -14 & -17 & 12 & 18 \\ 12 & 18 & -14 & -17 & 33 \\ -14 & 12 & 33 & 18 & -17 \end{array}$$

A matriz BA é a matriz transposta da matriz AB: uma reflexão da matriz AB na sua diagonal principal transforma-a na matriz BA. Observamos também que a estrutura das matrizes AB e BA é diferente da estrutura cíclica das próprias matrizes A e B, mas, mesmo assim é cíclica. A diagonal principal é constante e há dois ciclos:

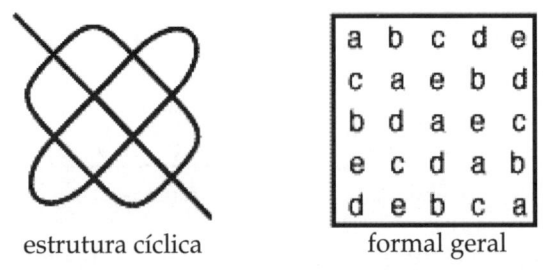

estrutura cíclica   formal geral

Podemos chamar esta estrutura cíclica positiva porque resulta da multiplicação de duas matrizes com a outra estrutura.

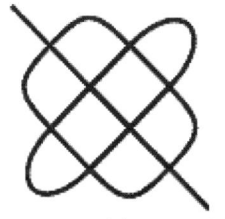 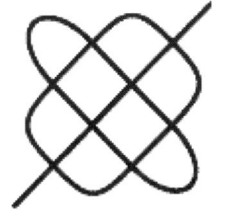

estrutura cíclica positiva   estrutura cíclica negativa

Convida-se o(a) leitor(a) a justificar os nomes 'positivo' e 'negativo' das matrizes cíclicas alternadas de dimensões 5 por 5, construindo a tábua de multiplicação correspondente.

Experimente com matrizes cíclicas alternadas de dimensões 5 por 5 e descubra algumas propriedades interessantes. Essas propriedades são muito diferentes das propriedades das matrizes cíclicas alternadas de dimensões pares? Faça conjecturas e tente demonstrá-las.

Experimente com matrizes cíclicas alternadas de dimensões 3 por 3 e descubra algumas propriedades interessantes.

Experimente com matrizes cíclicas alternadas de dimensões 7 por 7 e descubra algumas propriedades atrativas.

Defina matrizes cíclicas alternadas de dimensões ímpares, quer dizer, de dimensões $(2m+1)$ por $(2m+1)$, em que m representa um número natural qualquer.

Até este momento todos os ciclos considerados são alternados: em cada ciclo dois números alternam-se. Por outras palavras, cada ciclo tem um *período* igual a 2.

Será possível pensar-se em ciclos de outros períodos? Será possível conceber-se matrizes cíclicas de período 3? De período 4?

> Será que matrizes cíclicas de período p, em que p denota um número natural, herdam algumas das belas propriedades de matrizes cíclicas alternadas?
>
> Experimente. Conjecture!

Seguir-se-ão agora dois capítulos em que se apresentam algumas belas surpresas que poderão surgir na tentativa de demonstrar as conjecturas formuladas.

Capítulo XVII

Extra: Belas surpresas nas demonstrações

Certamente, os(as) leitores(as) conseguiram formular e testar conjecturas interessantes sobre matrizes cíclicas alternadas. Por exemplo, sendo A e B duas matrizes cíclicas alternadas positivas das mesmas dimensões, então AB é também uma matriz cíclica alternada positiva e AB = BA (cf. GERDES, 2008a).

Surge a questão de como demonstrar esta e outras propriedades de matrizes cíclicas alternadas. Para ficar com alguma ideia para uma estratégia para conseguirmos demonstrações gerais, observemos um caso particular. Consideremos para tal matrizes cíclicas alternadas de dimensões 3 por 3. Elas têm as seguintes formas gerais e estruturas cíclicas:

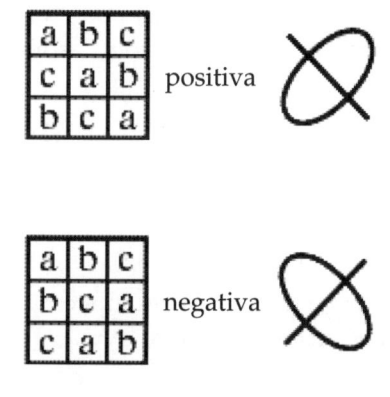

positiva

negativa

Cada matriz cíclica alternada positiva pode ser escrita como soma de três matrizes:

$$\begin{vmatrix} a & b & c \\ c & a & b \\ b & c & a \end{vmatrix} = \begin{vmatrix} a & 0 & 0 \\ 0 & a & 0 \\ 0 & 0 & a \end{vmatrix} + \begin{vmatrix} 0 & b & 0 \\ 0 & 0 & b \\ b & 0 & 0 \end{vmatrix} + \begin{vmatrix} 0 & 0 & c \\ c & 0 & 0 \\ 0 & c & 0 \end{vmatrix}$$

Cada uma dessas três matrizes é um múltiplo de matrizes cíclicas alternadas positivas básicas e assim a matriz inicial pode ser escrita como a soma de múltiplos de matrizes cíclicas alternadas positivas básicas:

$$\begin{vmatrix} a & b & c \\ c & a & b \\ b & c & a \end{vmatrix} = a \times \begin{vmatrix} 1 & 0 & 0 \\ 0 & 1 & 0 \\ 0 & 0 & 1 \end{vmatrix} + b \times \begin{vmatrix} 0 & 1 & 0 \\ 0 & 0 & 1 \\ 1 & 0 & 0 \end{vmatrix} + c \times \begin{vmatrix} 0 & 0 & 1 \\ 1 & 0 & 0 \\ 0 & 1 & 0 \end{vmatrix}$$

Notando as matrizes cíclicas alternadas positivas básicas por P(1), P(2) e P(3), em que o número indica o lugar da primeira fila onde aparece em cada uma o número 1:

$$P(1) = \begin{vmatrix} 1 & 0 & 0 \\ 0 & 1 & 0 \\ 0 & 0 & 1 \end{vmatrix} \qquad P(2) = \begin{vmatrix} 0 & 1 & 0 \\ 0 & 0 & 1 \\ 1 & 0 & 0 \end{vmatrix} \qquad P(3) = \begin{vmatrix} 0 & 0 & 1 \\ 1 & 0 & 0 \\ 0 & 1 & 0 \end{vmatrix}$$

Denotemos a nossa matriz cíclica alternada positiva inicial, em que os números a, b, e c aparecem na primeira fila, por $P(a,b,c)$. Por outras palavras, $P(a,b,c)$ pode ser escrita, duma maneira única, como *combinação linear* das matrizes cíclicas alternadas positivas básicas:

$$P(a,b,c) = a\,P(1) + b\,P(2) + c\,P(3).$$

Para podermos multiplicar duas matrizes cíclicas alternadas positivas quaisquer

$$P(a,b,c) \times P(d,e,f),$$

ser-nos-á útil calcular a tábua de multiplicação das matrizes cíclicas alternadas positivas básicas:

x	P(1)	P(2)	P(3)
P(1)	P(1)	P(2)	P(3)
P(2)	P(2)	P(3)	P(1)
P(3)	P(3)	P(1)	P(2)

Observamos que, ao multiplicar-se duas matrizes cíclicas alternadas positivas básicas, sempre resulta uma matriz cíclica alternada positiva básica. Aplicando a tábua, temos:

P(a,b,c) x P(d,e,f) =

{aP(1) + bP(2) + cP(3)} x {dP(1) + eP(2) + fP(3)} =

= ad {P(1)xP(1)} + ae {P(1) x P(2)} + af {P(1) x P(3)} +

+ bd {P(2) x P(1)} + be {P(2) x P(2)} + bf {P(2) x P(3)} +

+ cd {P(3) x P(1)} + ce {P(3) x P(2)} + cf {P(3) x P(3)} =

= adP(1) + aeP(2) + afP(3) + bdP(2) + be P(3) +bfP(1) +cdP(3) + ceP(1) + cfP(2) =

= (ad+bf+ce) P(1) + (ae+bd+cf)P(2) + (af+be+cd)P(3) =

= P(ad+bf+ce, ae+bd+cf, af+be+cd).

Em resumo, concluímos:

P(a,b,c) x P(d,e,f) = P(ad+bf+ce, ae+bd+cf, af+be+cd).

Desta maneira demonstramos que o produto de duas matrizes cíclicas alternadas positivas é sempre positivo.

De igual modo, ao calcularmos o produto inverso P(d,e,f) x P(a,b,c), obtemos:

P(d,e,f) x P(a,b,c) = P(da+ec+fb, db+ea+fc, dc+eb+fa).

Uma vez que ad+bf+ce = da+ec+fb, ae+bd+cf = db+ea+fc e af+be+cd = dc+eb+fa, segue-se que a multiplicação das matrizes cíclicas alternadas positivas de dimensões 3 por 3 é comutativa:

P(a,b,c) x P(d,e,f) = P(d,e,f) x P(a,b,c).

O raciocínio utilizado na demonstração que acabamos de dar poderá ser útil mais tarde ao analisarmos matrizes cíclicas alternadas positivas de outras dimensões.

Da mesma maneira que introduzimos matrizes cíclicas alternadas positivas básicas, podemos introduzir matrizes cíclicas alternadas negativas básicas de dimensões 3 por 3:

$$N(1) = \begin{vmatrix} 1 & 0 & 0 \\ 0 & 0 & 1 \\ 0 & 1 & 0 \end{vmatrix} \quad N(2) = \begin{vmatrix} 0 & 1 & 0 \\ 1 & 0 & 0 \\ 0 & 0 & 1 \end{vmatrix} \quad N(3) = \begin{vmatrix} 0 & 0 & 1 \\ 0 & 1 & 0 \\ 1 & 0 & 0 \end{vmatrix}$$

Denotando a matriz cíclica alternada negativa de dimensões 3 por 3, em que na primeira fila se encontram os números p, q e r, por $N(p,q,r)$, podemos exprimir $N(p,q,r)$ como combinação linear das três matrizes cíclicas alternadas negativas básicas:

$$\begin{vmatrix} p & q & r \\ q & r & p \\ r & p & q \end{vmatrix} = p \times \begin{vmatrix} 1 & 0 & 0 \\ 0 & 0 & 1 \\ 0 & 1 & 0 \end{vmatrix} + q \times \begin{vmatrix} 0 & 1 & 0 \\ 1 & 0 & 0 \\ 0 & 0 & 1 \end{vmatrix} + r \times \begin{vmatrix} 0 & 0 & 1 \\ 0 & 1 & 0 \\ 1 & 0 & 0 \end{vmatrix}$$

Deste modo, temos: $N(p,q,r) = pN(1)+qN(2)+rN(3)$.

Calculemos as restantes tábuas de multiplicação para matrizes cíclicas alternadas básicas positivas e negativas:

x	N(1)	N(2)	N(3)
P(1)	N(1)	N(2)	N(3)
P(2)	N(3)	N(1)	N(2)
P(3)	N(2)	N(3)	N(1)

x	P(1)	P(2)	P(3)
N(1)	N(1)	N(2)	N(3)
N(2)	N(2)	N(3)	N(1)
N(3)	N(3)	N(1)	N(2)

x	N(1)	N(2)	N(3)
N(1)	P(1)	P(2)	P(3)
N(2)	P(3)	P(1)	P(2)
N(3)	P(2)	P(3)	P(1)

Notamos que, ao multiplicarmos uma matriz cíclica alternada positiva básica por uma matriz cíclica alternada negativa básica, sempre obtemos uma matriz cíclica alternada negativa básica. Ao multiplicar-se duas matrizes cíclicas alternadas negativas básicas, sempre resulta uma matriz cíclica alternada positiva básica.

> Convida-se o(a) leitor(a) a demonstrar as outras conjecturas referentes à multiplicação de matrizes cíclicas alternadas positivas e negativas de dimensões 3 por 3.
>
> Tente fazer o mesmo no caso das dimensões serem 5 por 5, e 6 por 6.
>
> Descubra alguma particularidade das quatro tábuas de multiplicação das matrizes cíclicas alternadas positivas e negativas de determinadas dimensões.

Uma propriedade surpreendente das tábuas de multiplicação

Notemos agora um aspecto surpreendente e belo das quatro tábuas de multiplicação construídas no caso das dimensões 3 por 3.

A partir de cada tábua podemos construir uma matriz nova. Ilustremos o processo no caso das matrizes cíclicas alternadas positivas básicas:

x	P(1)	P(2)	P(3)
P(1)	P(1)	P(2)	P(3)
P(2)	P(2)	P(3)	P(1)
P(3)	P(3)	P(1)	P(2)

$$\downarrow$$

P(1)	P(2)	P(3)
P(2)	P(3)	P(1)
P(3)	P(1)	P(2)

$$\downarrow$$

1	2	3
2	3	1
3	1	2

Ao isolarmos os números que aparecem entre parênteses, obtemos uma matriz

1	2	3
2	3	1
3	1	2

que, por sua vez e inesperadamente, é uma matriz cíclica alternada negativa! Assim, 'meio às escondidas', aparece uma matriz negativa no contexto aparentemente exclusivo das matrizes positivas.

Da mesma maneira, a tábua de multiplicação das matrizes cíclicas alternadas negativas básicas vezes as positivas básicas nos conduz mais uma vez a esta mesma matriz negativa!

Tanto a tábua de multiplicação das matrizes cíclicas alternadas positivas básicas vezes as negativas básicas, como a tábua de multiplicação das matrizes cíclicas alternadas negativas básicas leva à matriz positiva:

1	2	3
3	1	2
2	3	1

No caso das dimensões 3 por 3, as matrizes cíclicas alternadas positivas e negativas estão intrinsecamente relacionadas entre si.

Convida-se o(a) leitor(a) a investigar se algo similar acontece com as tábuas de multiplicação de matrizes cíclicas alternadas positivas e negativas de outras dimensões.

A título de exemplo, apresenta-se a geração duma matriz a partir da tábua de multiplicação das matrizes cíclicas alternadas positivas básicas de dimensões 7 por 7:

x	P(1)	P(2)	P(3)	P(4)	P(5)	P(6)	P(7)
P(1)	P(1)	P(2)	P(3)	P(4)	P(5)	P(6)	P(7)
P(2)	P(2)	P(4)	P(1)	P(6)	P(3)	P(7)	P(5)
P(3)	P(3)	P(1)	P(5)	P(2)	P(7)	P(4)	P(6)
P(4)	P(4)	P(6)	P(2)	P(7)	P(1)	P(5)	P(3)
P(5)	P(5)	P(3)	P(7)	P(1)	P(6)	P(2)	P(4)
P(6)	P(6)	P(7)	P(4)	P(5)	P(2)	P(3)	P(1)
P(7)	P(7)	P(5)	P(6)	P(3)	P(4)	P(1)	P(2)

$$\downarrow$$

P(1)	P(2)	P(3)	P(4)	P(5)	P(6)	P(7)
P(2)	P(4)	P(1)	P(6)	P(3)	P(7)	P(5)
P(3)	P(1)	P(5)	P(2)	P(7)	P(4)	P(6)
P(4)	P(6)	P(2)	P(7)	P(1)	P(5)	P(3)
P(5)	P(3)	P(7)	P(1)	P(6)	P(2)	P(4)
P(6)	P(7)	P(4)	P(5)	P(2)	P(3)	P(1)
P(7)	P(5)	P(6)	P(3)	P(4)	P(1)	P(2)

$$\downarrow$$

1	2	3	4	5	6	7
2	4	1	6	3	7	5
3	1	5	2	7	4	6
4	6	2	7	1	5	3
5	3	7	1	6	2	4
6	7	4	5	2	3	1
7	5	6	3	4	1	2

Também neste exemplo, a matriz assim obtida é uma matriz cíclica alternada negativa.

Uma vez construídas as tábuas de multiplicação das matrizes cíclicas alternadas, positivas e negativas, não será muito difícil completar as demonstrações das nossas conjecturas.

Capítulo XVIII

Extra: Mais surpresas ao procurar demonstrações mais elegantes

Em Janeiro de 2002 eu tinha concluído as minhas demonstrações dos teoremas sobre a multiplicação de matrizes cíclicas alternadas positivas e negativas. Contudo, achei as demonstrações pesadas e de difícil leitura. Tudo estava bem organizado; tudo estava certo, mas faltava algo... Faltava uma ideia bonita, faltava elegância...

E, pressentia eu, devia ser possível encontrar demonstrações esteticamente mais atrativas para uma teoria tão linda, para essa teoria algébrica das matrizes cíclicas alternadas com propriedades geométricas interessantes. Agora, como encontrá-las?

Se me permitem, estimados(as) leitores(as), deixem-me resumir-vos o meu périplo à procura duma alternativa mais elegante (cf. GERDES, 2006c, 2008a).

Permutações

As matrizes cíclicas, positivas e negativas básicas desempenham um papel importante nas minhas demonstrações, como indiquei no capítulo anterior. Uma matriz desse gênero representa uma permutação porque tem em cada fila e em cada coluna apenas um único elemento igual a 1, enquanto todos os outros elementos são iguais a 0. Ilustremos este fenômeno por meio dum exemplo. Consideremos a quarta matriz cíclica alternada positiva básica, P(4), no caso das dimensões serem de 5 por 5. Apliquemos esta matriz a uma sequência de cinco números quaisquer (a, b, c, d, e) e observemos o resultado:

$$
\begin{bmatrix} 0 & 0 & 0 & 1 & 0 \\ 0 & 0 & 0 & 0 & 1 \\ 0 & 1 & 0 & 0 & 0 \\ 0 & 0 & 1 & 0 & 0 \\ 1 & 0 & 0 & 0 & 0 \end{bmatrix} \begin{bmatrix} a \\ b \\ c \\ d \\ e \end{bmatrix} = \begin{bmatrix} d \\ e \\ b \\ c \\ a \end{bmatrix}
$$

A matriz P(4) pode ser denotada, utilizando a conhecida *notação cíclica* (!) para permutações, por

$$(1\ 5\ 2\ 3\ 4),$$

ou seja, o primeiro número (a) ficou no quinto lugar; o número (e) que estava no quinto lugar ficou no segundo lugar; o número (b) que estava no segundo ficou no terceiro lugar; o número (c) que estava no terceiro lugar ficou no quarto; e, por fim, o número (d) que estava no quarto lugar ficou no primeiro lugar, completando o ciclo.

Há 5!, ou seja, 5.4.3.2.1 = 120, permutações duma sequência de cinco números. Há apenas cinco matrizes cíclicas alternadas positivas básicas e cinco matrizes cíclicas alternadas negativas básicas. Surge, então, a seguinte questão: o que será que caracteriza aquelas permutações que correspondem às matrizes cíclicas alternadas básicas?

Pensei em representar geometricamente as matrizes cíclicas alternadas básicas. No caso das dimensões 5 por 5, marquei cinco pontos à volta duma circunferência, como vértices dum pentágono regular:

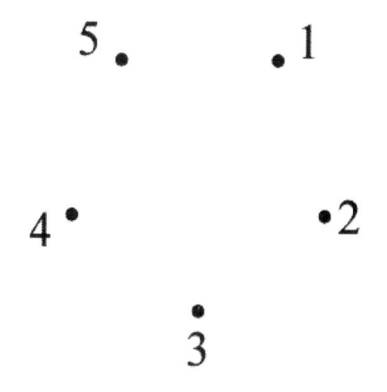

Em seguida, liguei os pontos numerados por segmentos de acordo com a permutação sob consideração, ou seja, por exemplo, P(4), quer dizer, (1 5 2 3 4):

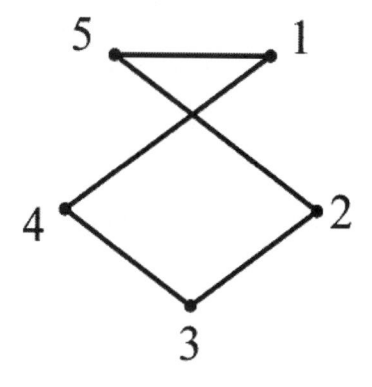

Apareceu uma figura poligonal simétrica. Se a percorrermos no sentido oposto, temos a representação da permutação (1 4 3 2 5), ou seja, de P(5), a matriz *inversa* de P(4). Será que estas figuras poligonais são simétricas somente neste exemplo particular? Experimentando, vê-se que não. Por exemplo, à quinta matriz cíclica alternada positiva básica, P(5), no caso das dimensões 7 por 7, corresponde a permutação (1 4 7 3 2 6 5), que podemos representar geometricamente da seguinte maneira:

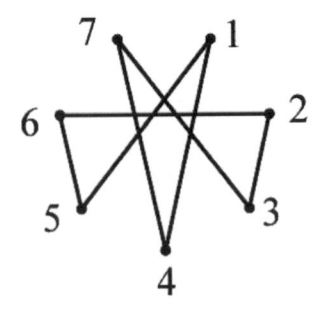

Mais uma vez aparece uma figura poligonal simétrica. Percorrendo-a no sentido oposto, temos a representação da permutação (1 5 6 2 3 7 4), ou seja, de P(4), a matriz inversa de P(5).

Convida-se o(a) leitor(a) a experimentar com outras matrizes cíclicas alternadas positivas básicas e as permutações correspondentes. Sempre aparecem figuras poligonais simétricas?

Agora podemos inverter a situação. Será que todas as figuras poligonais simétricas definem permutações que correspondem a matrizes cíclicas alternadas positivas ou negativas básicas?

A figura poligonal seguinte define duas permutações, (1 2 3 4 5) e (1 5 4 3 2).

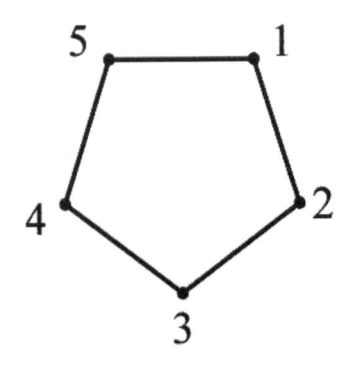

Se observarmos a matriz da primeira permutação, vemos claramente que não é uma matriz cíclica alternada:

$$\begin{vmatrix} 0 & 0 & 0 & 0 & 1 \\ 1 & 0 & 0 & 0 & 0 \\ 0 & 1 & 0 & 0 & 0 \\ 0 & 0 & 1 & 0 & 0 \\ 0 & 0 & 0 & 1 & 0 \end{vmatrix}$$

Assim, podemos chegar à conclusão de que a *simetria axial* das figuras poligonais não é suficiente para caracterizar as permutações que correspondem a matrizes cíclicas alternadas positivas ou negativas básicas.

Estava eu num caminho que não me levava à desejada caracterização geométrica das matrizes cíclicas alternadas positivas ou negativas básicas. Deixei o assunto por algum tempo, avançando com outras pesquisas minhas, tais como as ligadas aos entrançados das mulheres Tonga e Makwe em Moçambique e dos Bora na Amazônia peruana. No entanto, o meu subconsciente não se esqueceu da minha preocupação.

Representação circular

Em finais de 2005, participei numa reunião da Academia Africana de Ciências em Nairobi, capital do Quênia. Durante o voo de regresso a Moçambique, a preocupação voltou à minha consciência e, de repente, após a escala em Harare, Zimbábue, surgiu-me uma ideia nova.

Imagine que pretendemos representar geometricamente a permutação (1 5 2 3 4), correspondente à matriz cíclica alternada positiva básica P(4) no caso das dimensões 5 por 5. Em vez de colocar 5 pontos à volta duma circunferência, tive a ideia de colocar 10 pontos e de enumerá-los de 1 até 5, tanto descendo a partir do topo para direita, como descendo do topo para a esquerda:

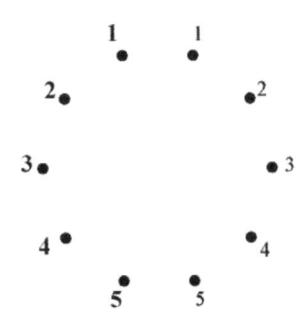

Agora representemos a permutação (1 5 2 3 4): Começando no ponto (1) à direita, andamos quatro passos no sentido dos ponteiros do relógio e chegamos ao ponto (5) do lado direito. Andamos mais uma vez quatro passos no mesmo sentido, e chegamos ao ponto (2) do lado esquerdo. Avançando mais quatro passos naquele sentido chegamos ao ponto (3) do lado direito. Mais quatro passos e chegamos ao ponto (4) do lado esquerdo. Por fim, dando os últimos quatro passos, chegamos ao ponto de partida (1) à direita:

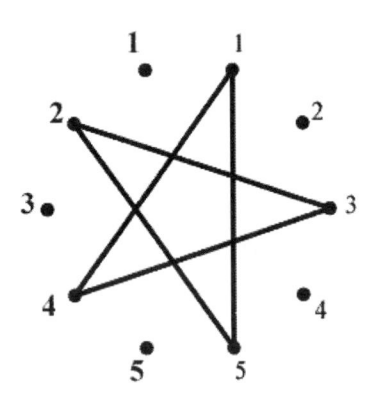

Uma bela estrela pentagonal representa a nossa matriz P(4) e a permutação (1 5 2 3 4)! A matriz inversa P(5) e a permutação correspondente (1 4 3 2 5) podem ser representadas pela mesma figura, mas percorrendo-a no sentido anti-horário, ou pela figura seguinte, começando com o ponto (1) à esquerda e percorrendo a figura poligonal também no sentido dos ponteiros do relógio:

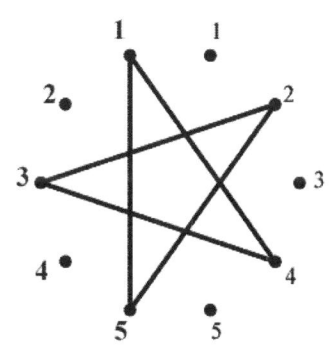

Apresentemos P(2) e P(3) da mesma maneira. As permutações (1 3 5 4 2) e (1 2 4 5 3) correspondem às matrizes P(2) e P(3). Desta vez avançamos de cada vez dois passos no sentido dos ponteiros do relógio:

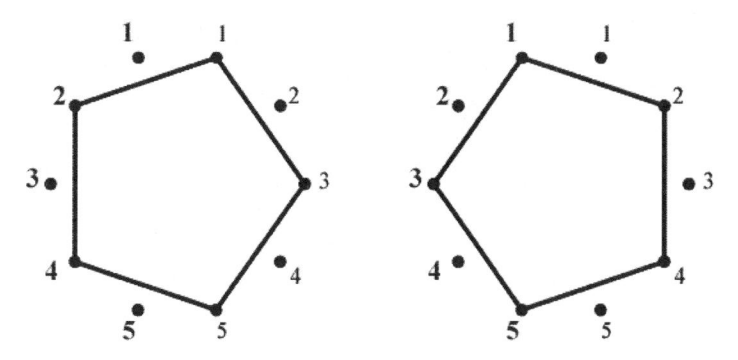

As duas representações têm a forma dum pentágono regular.

> Convida-se o(a) leitor(a) a construir representações similares para algumas matrizes cíclicas alternadas positivas e negativas básicas de outras dimensões.

A título de exemplo, apresentam-se as representações circulares das matrizes cíclicas alternadas positivas básicas de dimensões 7 por 7, com a exceção de P(1), que é a matriz identidade. Têm a forma de heptágonos e estrelas heptagonais regulares:

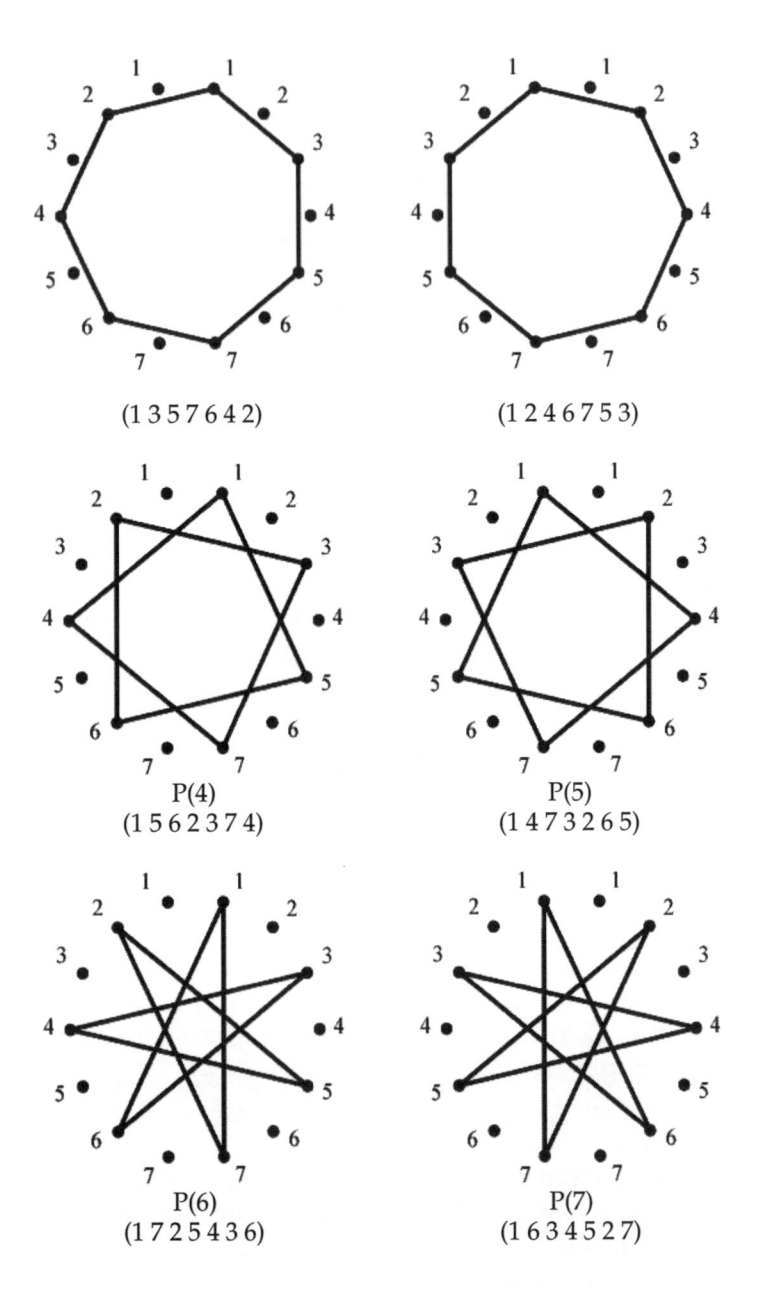

Somente permutações que correspondem a matrizes cíclicas alternadas positivas básicas podem ter este tipo de representação: estrelas e polígonos regulares! Estas representações têm tanto simetria axial como simetria rotacional.

Tinha eu, assim, encontrado a ideia elegante que me faltava! E de fato, munido com esta ideia foi-me muito mais fácil demonstrar os teoremas sobre as matrizes cíclicas alternadas.

Continuemos a nossa caminhada. No capítulo que se segue, tentaremos generalizar ainda mais o conceito de matriz cíclica.

Convida-se o(a) leitor(a) a explorar a ideia de representação circular para encontrar algumas demonstrações de teoremas sobre matrizes cíclicas alternadas.

Capítulo XIX

Matrizes cíclicas de outros períodos

Todas as matrizes cíclicas consideradas até o momento tinham ciclos alternados. Num ciclo alternado, dois números alternam-se. Podemos, no entanto, conceber outros tipos de ciclos em que mais de dois números se repetem. A matriz seguinte A tem uma estrutura cíclica negativa:

$$
A = \begin{bmatrix}
2 & 3 & -1 & 5 & -4 & 0 \\
4 & -3 & 4 & -2 & -3 & -2 \\
5 & 3 & 0 & 2 & -4 & -1 \\
-1 & -4 & 2 & 0 & 3 & 5 \\
-2 & -3 & -2 & 4 & -3 & 4 \\
0 & -4 & 5 & -1 & 3 & 2
\end{bmatrix}
$$

No primeiro ciclo, os números 2, 3 e 4 alternam-se; no segundo ciclo, os números -1, 5 e -3 alternam-se, e, no terceiro ciclo, os números -4, 0 e -2 fazem o mesmo:

2	3				
4		4			
	3		2		
		2		3	
			4		4
				3	2

		-1	5		
	-3			-3	
5					-1
-1					5
	-3			-3	
		5	-1		

				-4	0
			-2		-2
		0		-4	
	-4		0		
-2		-2			
0	-4				

A matriz B tem a mesma estrutura cíclica negativa de período 3:

$$B = \begin{vmatrix} 3 & 1 & 2 & -2 & -1 & 5 \\ 0 & 4 & 0 & -4 & 4 & -4 \\ -2 & 1 & 5 & 3 & -1 & 2 \\ 2 & -1 & 3 & 5 & 1 & -2 \\ -4 & 4 & -4 & 0 & 4 & 0 \\ 5 & -1 & -2 & 2 & 1 & 3 \end{vmatrix}$$

Podemos calcular os produtos AB e BA, e compará-los:

$$AB = \begin{vmatrix} 34 & -8 & 30 & 6 & 0 & -14 \\ 2 & -12 & 38 & 2 & -36 & 38 \\ 30 & 0 & 34 & -14 & -8 & 6 \\ 6 & -8 & -14 & 34 & 0 & 30 \\ 38 & -36 & 2 & 38 & -12 & 2 \\ -14 & 0 & 6 & 30 & -8 & 34 \end{vmatrix} \qquad BA = \begin{vmatrix} 24 & 3 & 24 & 8 & -11 & -8 \\ 12 & 8 & -20 & 12 & -48 & -20 \\ 24 & -11 & 24 & -8 & 3 & 8 \\ 8 & 3 & -8 & 24 & -11 & 24 \\ -20 & -48 & 12 & -20 & 8 & 12 \\ -8 & -11 & 8 & 24 & 3 & 24 \end{vmatrix}$$

Vê-se claramente que os produtos AB e BA são muito diferentes um do outro. Os produtos não são matrizes cíclicas negativas de período 3. Podíamos esperar que 'negativa' vezes 'negativa' ia dar 'positiva'. Mas o que será 'positiva' nestas circunstâncias de período 3? Observemos os dois ciclos da matriz AB:

	-8	30			
2			2		
30				-8	
	-8				30
		2			2
			30	-8	

			6	0	
		38			38
		0			6
6				0	
38			38		
	0	6			

Ambos os ciclos têm período 3. No caso de matrizes cíclicas alternadas, ou seja, de matrizes cíclicas de período 2, as diagonais são constantes, mas agora isso não se verifica:

34					
	-12				
		34			
			34		
				-12	
					34

					-14
				-36	
			-14		
		-14			
	-36				
-14					

Em cada uma das diagonais aparecem dois números, na sequência: 1° número, 2° número, 1° e mais uma vez 1°, 2° e, por fim, mais uma vez o 1° número. O mesmo fenómeno verifica-se no caso das diagonais da matriz BA. Podemos supor que, para definir matrizes cíclicas positivas de dimensões 6 por 6 e de período 3, as diagonais devem ter a estrutura seguinte:

$$a, b, a, a, b, a$$

Surge a questão do porquê dessa estrutura.

Consideremos uma diagonal como um ciclo que teve um colapso, um ciclo tão estreito que os dois lados maiores paralelos ficaram sobrepostos:

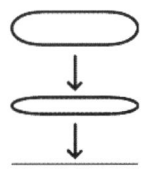

Imagine que este ciclo antes do colapso tinha o período 3. Assim, a parte superior na representação teria a estrutura:

a	b	c	a	b	c

Ao virar à direita e regressando para a esquerda, o ciclo teria a seguinte estrutura:

a	b	c	a	b	c
c	b	a	c	b	a

Depois do colapso, as células superiores coincidem com as células inferiores, e os seus elementos devem ser iguais: a = c, b = b, c = a, etc. Por conseguinte, a estrutura do ciclo degenerado do período 3 é:

a	b	a	a	b	a

Com este raciocínio dum ciclo *degenerado*, podemos agora perceber por que no caso das matrizes cíclicas alternadas podem aparecer diagonais constantes. Por exemplo, no caso das dimensões serem 6 por 6, a diagonal com período 2 teria, antes do colapso, a estrutura:

a	b	a	b	a	b
b	a	b	a	b	a

com o colapso, a = b, e o ciclo degenerado, ou seja, a diagonal fica constante.

Voltemos para as matrizes cíclicas positivas de dimensões 6 por 6 e de período 3. Elas terão a seguinte forma geral e estrutura cíclica:

a	c	d	f	g	i
e	b	h	e	j	h
d	g	a	i	c	f
f	c	i	a	g	d
h	j	e	h	b	e
i	g	f	d	c	a

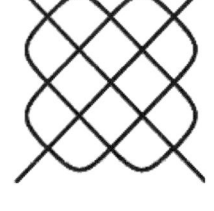

forma geral positiva   estrutura cíclica positiva

E as matrizes cíclicas negativas de dimensões 6 por 6 e de período 3 têm a seguinte forma geral e estrutura cíclica:

a	b	d	e	g	h
c	f	c	i	f	i
e	b	h	a	g	d
d	g	a	h	b	e
i	f	i	c	f	c
h	g	e	d	b	a

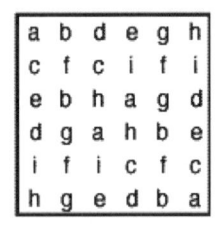 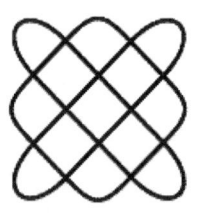

forma geral negativa   estrutura cíclica negativa

Convida-se o(a) leitor(a) a investigar se a multiplicação de matrizes cíclicas positivas e negativas de dimensões 6 por 6 e de período 3 satisfaz a 'regra dos sinais'. Experimente.

No caso de matrizes cíclicas de dimensões 6 por 6, que períodos serão possíveis para além dos períodos 2 (matrizes cíclicas alternadas) e 3?

As duas matrizes seguintes, M e N, são matrizes cíclicas negativas:

$$M = \begin{bmatrix} 1 & 3 & 0 & -2 & -4 & -3 \\ 4 & 5 & 2 & 6 & -1 & -5 \\ -1 & 2 & -5 & 4 & 6 & 5 \\ -2 & -3 & 3 & -4 & 1 & 0 \\ -4 & 0 & -3 & 1 & -2 & 3 \\ 6 & -5 & 5 & -1 & 4 & 2 \end{bmatrix} \qquad N = \begin{bmatrix} 2 & 1 & -2 & 3 & 0 & -1 \\ -3 & 6 & 3 & -4 & 4 & -6 \\ 4 & 3 & -6 & -3 & -4 & 6 \\ 3 & -1 & 1 & 0 & 2 & -2 \\ 0 & -2 & -1 & 2 & 3 & 1 \\ -4 & -6 & 6 & 4 & -3 & 3 \end{bmatrix}$$

Em cada ciclo aparecem quatro números. Por exemplo, no primeiro ciclo da matriz M, temos os números 1, 3, 2, e 4 a repetir-se:

1	3				
4		2			
	2		4		
		3		1	
			1		3
				4	2

O período das duas matrizes cíclicas negativas M e N é 4. Calculemos, agora, os produtos MN e NM.

$$MN = \begin{bmatrix} -1 & 47 & -9 & -29 & 5 & -28 \\ 39 & 66 & -28 & -36 & 36 & -50 \\ -36 & -50 & 66 & 36 & 39 & -28 \\ 5 & -9 & -28 & -1 & -29 & 47 \\ -29 & -28 & 47 & 5 & -1 & -9 \\ 36 & -28 & -50 & 39 & -36 & 66 \end{bmatrix} \qquad NM = \begin{bmatrix} -4 & 3 & 16 & -17 & -22 & -23 \\ -26 & 69 & -57 & 80 & -12 & -6 \\ 80 & -6 & 69 & -12 & -26 & -57 \\ -22 & 16 & -23 & -4 & -17 & 3 \\ -17 & -23 & 3 & -22 & -4 & 16 \\ -12 & -57 & -6 & -26 & 80 & 69 \end{bmatrix}$$

Como era de esperar – refletindo toda a beleza da teoria das matrizes cíclicas construída até ao momento! – ambos os produtos apresentam uma estrutura cíclica *positiva* de período 4. Vide o primeiro ciclo da matriz MN:

	47	-9			
39			-36		
-36				39	
	-9				47
		47			-9
			39	-36	

Observemos a forma das diagonais das matrizes MN e NM: (-1, 66, 66, -1, -1, 66) e (36, -28, -28, 36, 36, -28) de MN e (-4, 69, 69, -4, -4, 69) e (-12, -23, -23, -12, -12, -23) de NM. As quatro diagonais têm a mesma forma particular (a, b, b, a, a, b), que, de fato, podemos compreender como tendo o período 4: lendo da esquerda para a direita,

a	b	b	a	a	b
a	b	b	a	a	b

começamos pelo quádruplo *abba*, seguido por *ab*. Continuando a ler num ciclo na fila de baixo da direita para a esquerda, iniciamos por *ba*, completando, assim, o segundo quádruplo, seguido de *abba*, fechando o ciclo. Mais uma vez, podemos interpretar uma diagonal como um ciclo degenerado. Se o quádruplo tivesse a forma *abcd*, o ciclo teria a forma:

a	b	c	d	a	b
d	c	b	a	d	c

Mas quando as duas filas se sobrepõem e os elementos que ficam no mesmo lugar têm de ser iguais, então segue-se que c = b e d = a.

Agora estamos em condições de definir matrizes cíclicas positivas de período 4 e dimensões 6 por 6. Os ciclos normais têm período 4 e as diagonais têm a forma geral de

$$(a, b, b, a, a, b).$$

Convida-se o(a) leitor(a) a construir algumas matrizes cíclicas positivas e negativas de dimensões 6 por 6 e de período 4.

Verifique se a multiplicação dessas matrizes satisfaz a 'regra de sinais'.

Apresentam-se duas matrizes cíclicas negativas de dimensões 6 por 6 e de período 6:

$$E = \begin{vmatrix} 3 & 4 & 2 & 5 & 8 & -3 \\ -4 & 6 & 1 & -8 & -1 & -5 \\ 7 & 0 & -7 & -2 & -9 & -6 \\ -6 & -9 & -2 & -7 & 0 & 7 \\ -5 & -1 & -8 & 1 & 6 & -4 \\ -3 & 8 & 5 & 2 & 4 & 3 \end{vmatrix} \qquad F = \begin{vmatrix} 2 & 0 & 3 & 4 & 1 & 0 \\ 3 & -4 & 6 & 5 & -1 & -6 \\ -8 & -3 & 7 & -2 & 8 & -5 \\ -5 & 8 & -2 & 7 & -3 & -8 \\ -6 & -1 & 5 & 6 & -4 & 3 \\ 0 & 1 & 4 & 3 & 0 & 2 \end{vmatrix}$$

São matrizes que têm uma simetria rotacional de 180°. Calculemos os produtos EF e FE:

$$EF = \begin{vmatrix} -71 & 7 & 65 & 102 & -32 & -56 \\ 48 & -95 & 22 & -65 & 26 & 10 \\ 134 & 8 & -93 & -44 & -7 & 12 \\ 12 & -7 & -44 & -93 & 8 & 134 \\ 10 & 26 & -65 & 22 & -95 & 48 \\ -56 & -32 & 102 & 65 & 7 & -71 \end{vmatrix} \qquad FE = \begin{vmatrix} -2 & -29 & -33 & -23 & -5 & 0 \\ 60 & -104 & -72 & -13 & -56 & -4 \\ 24 & -80 & -153 & -18 & -96 & -64 \\ -64 & -96 & -18 & -153 & -80 & 24 \\ -4 & -56 & -13 & -72 & -104 & 60 \\ 0 & -5 & -23 & -33 & -29 & -2 \end{vmatrix}$$

Ambos os produtos têm também uma simetria rotacional de 180° e, assim, uma estrutura cíclica negativa. Será que desta vez 'negativa' vezes 'negativa' é igual a 'negativa'?

As duas matrizes têm diagonais especiais, cuja forma geral é (a, b, c, c, b, a). Por outras palavras, as diagonais são mais uma vez ciclos degenerados.

a	b	c	d	e	f
f	e	d	c	b	a

Para a leitura da esquerda para a direita do sêxtuplo superior coincidir com a leitura da direita à esquerda do sêxtuplo inferior, deve valer a=f, b=e e c=d, o que nos leva a compreender a forma geral (a, b, c, c, b, a).

Deste modo os produtos EF e FE são matrizes cíclicas positivas de período 6, e ainda se mantém 'negativa' vezes 'negativa' é 'positiva'. No entanto, neste caso muito particular, uma matriz positiva desse gênero tem simetria rotacional de 180° e, por conseguinte, também é negativa.

Convida-se o(a) leitor(a) e investigar se a multiplicação das matrizes cíclicas de dimensões 6 por 6 e de período 6 satisfaz a 'regra dos sinais'.

Que períodos são possíveis para matrizes cíclicas de dimensões 5 por 5?

Que períodos são possíveis para matrizes cíclicas de dimensões 8 por 8?

Em geral, que períodos serão possíveis para matrizes cíclicas de dimensões m por m, em que m representa um número natural qualquer?

Matrizes cíclicas de dimensões 9 por 9 podem ter como período os *divisores* de 18, ou seja, 1, 2, 3, 6, e 9, excetuando o caso trivial de 18. Qual será a forma geral duma diagonal duma matriz cíclica positiva dessas dimensões no caso de o período ser 6?

Se multiplicarmos uma matriz cíclica de dimensões 6 por 6 e de período 2 por uma outra matriz cíclica das mesmas dimensões, mas de período 3, o que poderemos dizer sobre o produto? Será uma matriz cíclica? Caso sim, de que período?

Conjecture alguns teoremas sobre a multiplicação de matrizes cíclicas de período qualquer.

Suponha que a 'regra dos sinais' seja válida para a multiplicação de matrizes cíclicas de dimensões e de período quaisquer. Considere duas matrizes cíclicas negativas das mesmas dimensões e de períodos p e q, respectivamente. Mostre que o produto dessas duas matrizes é uma matriz cíclica positiva cujo período é igual ao *mínimo múltiplo comum* de p e q.

Tenho de interromper o meu périplo aqui. Terminaremos com uma retrospectiva.

Capítulo XX

Retrospectiva e perspectivas

Caro(a) leitor(a), tenho de interromper o meu périplo aqui: não há mais espaço no âmbito deste livro. Chegamos ao topo do monte das matrizes cíclicas, com uma bela vista, abrindo novos horizontes.

Para todas as matrizes cíclicas periódicas estudadas observamos o mesmo fenômeno maravilhoso, e no caso de matrizes cíclicas alternadas apresentamos algumas demonstrações. Vimos o papel nas demonstrações das matrizes cíclicas alternadas, positivas e negativas, básicas, e a sua linda representação geométrica por polígonos e estrelas regulares. Verdadeiramente espetacular é a situação da multiplicação de matrizes cíclicas positivas e negativas de dimensões quaisquer e de período qualquer. O mundo das matrizes cíclicas é abrilhantado por um teorema principal:

Se A e B são matrizes cíclicas das mesmas dimensões m por m e do mesmo período p, então AB é também uma matriz cíclica das mesmas dimensões e do mesmo período. A matriz AB é negativa se uma das duas matrizes é negativa e a outra positiva; a matriz AB é positiva se ambas as matrizes A e B são positivas ou se ambas são negativas.

Aplicações?

Poderá o(a) leitor(a) perguntar se o conceito de matriz cíclica já tem aplicações.

De fato, já encontramos algumas aplicações. Por exemplo, verificámos que as matrizes associadas às tábuas de multiplicação das matrizes cíclicas alternadas positivas e negativas básicas de determinadas dimensões constituem, por sua vez, matrizes cíclicas (Capítulo 17).

Mas já houve aplicações fora do âmbito direto das próprias matrizes cíclicas?

Vejamos dois exemplos do aparecimento de matrizes cíclicas na Matemática: A matriz associada à tábua de adição, módulo 3, dos números naturais de 1 a 3 constitui um exemplo duma matriz cíclica alternada negativa:

+	1	2	3
1	2	0	1
2	0	1	2
3	1	2	0

$\rightarrow$

2	0	1
0	1	2
1	2	0

A matriz associada à tábua de multiplicação, módulo 5, dos números naturais de 1 a 4 constitui um exemplo duma matriz cíclica alternada negativa:

X	1	2	3	4
1	1	2	3	4
2	2	4	1	3
3	3	1	4	2
4	4	3	2	1

$\rightarrow$

1	2	3	4
2	4	1	3
3	1	4	2
4	3	2	1

Convida-se o(a) leitor(a) a encontrar outros exemplos.

Será que já há aplicações de matrizes cíclicas fora da Matemática?

É ainda muito cedo; passaram poucos anos desde a invenção das matrizes cíclicas. E, em geral, não se pode prever de antemão em que áreas de conhecimento teorias matemáticas podem encontrar aplicações, mas as estruturas e as formas ricas analisadas por matemáticos constituem ferramentas úteis a cientistas de outros domínios e refletem amiúde relações profundas da natureza.

Já há, pelo menos, um contexto fora da Matemática em que aparecem matrizes cíclicas! Em 2004 estava eu a ler alguns artigos recentes do biólogo russo Sergei Petoukhov e do matemático chinês-americano Matthew He, sobre matrizes genéticas. O conceito de matriz genética tinha sido concebido por Petoukhov para facilitar o estudo de códigos genéticos. Observe dois exemplos de matrizes genéticas apresentadas nos trabalhos de Petoukhov e He:

$$
\begin{array}{|cccc|}
\hline
0 & 1 & 1 & 0 \\
1 & 0 & 0 & 1 \\
1 & 0 & 0 & 1 \\
0 & 1 & 1 & 0 \\
\hline
\end{array}
\qquad
\begin{array}{|cccc|}
\hline
6 & 5 & 5 & 4 \\
5 & 6 & 4 & 5 \\
5 & 4 & 6 & 5 \\
4 & 5 & 5 & 6 \\
\hline
\end{array}
$$

A primeira matriz genética é tanto uma matriz cíclica alternada negativa ($\boxtimes$) como uma matriz cíclica positiva de período 1 ($\boxtimes$) de dimensões 4 por 4 (capítulos 9 e 15); é também uma *Liki-matriz* (capítulo 12) e a matriz dum *Lunda-design* (capítulo 7) que corresponde a uma curva-de-espelho regular (capítulo 5). A segunda matriz genética constitui um exemplo duma matriz cíclica positiva de período 1 e de dimensões 4 por 4. As matrizes genéticas de dimensões 8 por 8, 16 por 16, 32 por 32, etc., apresentadas por Petoukhov e He são compostas por blocos dessas matrizes cíclicas positivas de período 1. Por consequência, várias propriedades interessantes das matrizes genéticas surgem imediatamente das propriedades gerais de matrizes cíclicas.

Em todo o livro aparecem números inteiros nas matrizes cíclicas analisadas. Isto era apenas para facilitar os cálculos e a representação das matrizes. Podem utilizar-se também quaisquer números racionais, reais ou complexos. A seguir encontraremos matrizes em que aparecerá um número irracional famoso, abreviada pela letra grega φ (fi). O número φ, chamado *secção áurea*, é a solução positiva da equação quadrática $x^2 - x - 1 = 0$, ou seja, $\varphi = (1+\sqrt{5})/2 = 1{,}61803398\ldots$ A secção áurea utiliza-se na arquitetura desde a Antiguidade e aparece frequentemente em estudos da natureza, em particular, em estudos biológicos.

Petoukhov analisa a relação entre a secção áurea e matrizes genéticas e estuda matrizes genéticas cujos elementos são potências do número φ. É possível construir matrizes cíclicas que constituem matrizes genéticas que ainda não tinham aparecido nos estudos dos biólogos:

$$
\begin{vmatrix}
\varphi & \varphi & \varphi^{-1} & \varphi^{-1} \\
\varphi & \varphi^{-1} & \varphi & \varphi^{-1} \\
\varphi^{-1} & \varphi & \varphi & \varphi^{-1} \\
\varphi^{-1} & \varphi^{-1} & \varphi & \varphi
\end{vmatrix}
\qquad
\begin{vmatrix}
\varphi & \varphi^{-1} & \varphi & \varphi^{-1} \\
\varphi^{-1} & \varphi^{-1} & \varphi & \varphi \\
\varphi & \varphi & \varphi^{-1} & \varphi^{-1} \\
\varphi^{-1} & \varphi & \varphi^{-1} & \varphi
\end{vmatrix}
$$

Os quadrados de ambas as matrizes são iguais à segunda matriz genética acima apresentada (Verifique!).

É de esperar que a teoria de matrizes cíclicas encontrará diversas aplicações, tendo em conta a grande variedade de fenômenos periódicos.

Já reparamos que em esteiras feitas por mulheres makwe do Nordeste de Moçambique aparecem as estruturas tanto duma matriz cíclica alternada negativa (⊗) como duma matriz cíclica positiva de período 1 (⊗) de dimensões 4 por 4. Todas as estruturas de matrizes cíclicas positivas podem, em princípio, ser entretecidas em esteiras makwe: sempre no verso aparece, automaticamente, a estrutura duma matriz cíclica negativa das mesmas dimensões. A figura apresenta, como exemplo, os casos das dimensões serem 3 por 3 e 5 por 5:

Pesquisa matemática inspirada pela tradição dos 'sona'

O meu estudo de aspectos matemáticos da tradição dos 'sona' de Angola inspirou-me a descobrir, inventar e analisar curvas-de-espelho, Lunda-designs, Liki-designs e matrizes cíclicas. Apresentei algumas facetas desta viagem de aventuras e descobertas inesperadas. Há muitas outras possibilidades. A título de exemplo, *Lunda-designs* podem ser generalizados de várias maneiras. *Lunda-designs* circulares e hexagonais são algumas possibilidades interessantes (cf. Gerdes 1996, 1999a & b, 2002d). A figura seguinte apresenta um exemplo duma grelha hexagonal e um *Lunda-design* hexagonal:

Convida-se o(a) leitor(a) a definir *Lunda-designs* hexagonais e a construir alguns.

Uma outra possibilidade consiste no seguinte. Em vez de enumerar módulo 2 os quadradinhos pelos quais uma curva-de-espelho passa, eles podem ser enumerados módulo t, se t é um divisor do número total de quadradinhos. Desse modo, criam-se matrizes de t valores e t-*Lunda-designs*. Do ponto de vista artístico, t-*Lunda-designs* coloridos podem ser esteticamente atrativos (vide o meu livro *Lunda Art* (Gerdes, 2008c). A figura apresenta, a preto-e-branco, exemplos dum 3-*Lunda-design* e dum 4-*Lunda-design*:

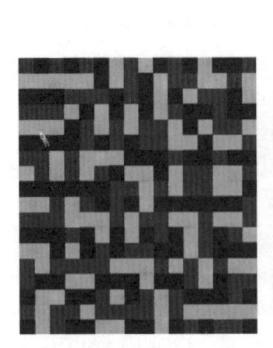 

3-*Lunda-design*   4-*Lunda-design*

Wolfgang Jaritz da Universidade de Graz (Áustria) pode ter sido o primeiro a realizar uma pesquisa matemática inspirada pela tradição 'sona'. Estudou as propriedades da classe mais simples de curvas-de-espelho, em que não há espelhos pequenos no interior do retângulo (como o caso da representação de 'amizade') e comparou estas curvas com os caminhos percorridos por uma bola numa mesa de bilhar (Jaritz, 1983). Publiquei, em 1990, um primeiro artigo sobre uma classe mais ampla de 'sona', que incluía os padrões-de-esteira-entrecruzada, em que foi proposto o conceito de curvas-de-espelho e em que se apresentam alguns *Lunda-designs* pela primeira vez (Gerdes, 1990b). Inspirado por esta minha pesquisa, Slavik Jablan (Universidade de Belgrado, Sérvia) tem estudado *curvas-de-espelho* e a sua relação com a teoria matemática de nós (Jablan, 1995, 2001). Nos princípios dos anos 1990, o físico Robert Lange (Universidade Brandeis MA, EUA) desenvolveu as chamadas *telhas sona*. Franco Favilli e os seus estudantes na Universidade de Pisa (Itália) têm desenvolvido 'software' para a construção de curvas-de-espelho e *Lunda-designs* (Favilli et al. 2002; Vitturi & Favilli, 2006). Mark Schlatter (Centenary College of Louisiana, EUA) tem estudado curvas-de-espelho e permutações (vide Schlatter, 2004, 2005; cf. Peterson, 2001). Nils Rossing da Universidade de Ciência e Tecnologia de Trondheim (Noruega) e Christoph Kirfel da Universidade de Bergen (Noruega) aplicaram métodos da minha análise de 'sona' por curvas-de-espelho à análise matemática duma classe de esteiras de corda tradicionais norueguesas (Rossing & Kirfel, 2003). Para além de curvas-de-espelho, *Lunda-designs, Liki-designs* e matrizes cíclicas, inventei tipos de matrizes relacionadas com as matrizes cíclicas como as *cilíndricas* e as *helicoidais*. Vários artigos sobre essas matrizes foram publicados no jornal eletrônico *Visual Mathematics*. A novidade e as relações múltiplas das ideias Matemáticas que emergem da análise da tradição 'sona', com outras áreas da matemática reflete a profundidade e a fertilidade matemática das ideias dos mestres de desenho cokwe. Certamente, no futuro, outros continuarão estas linhas de pesquisa e encontrarão maravilhosos resultados. Desde já, lanço aqui um convite neste sentido aos(às) leitores(as)!

Cultura como fonte de inspiração para pesquisa matemática

Já vimos como as estruturas positivas e negativas de matrizes cíclicas aparecem como frente e verso de padrões em esteiras feitas por mulheres makwe do extremo Nordeste de Moçambique. Conforme relatos de historiadores, essas esteiras constituíram, no século 17, um dos principais produtos de exportação da zona naquela época. Trata-se duma tradição secular.

As mulheres makwe têm inventado diversos padrões com propriedades especiais. Por exemplo, a especial inversão makwe de cores (capítulo 2) do padrão à esquerda leva à imagem negativa, no sentido fotográfico, à direita. Somente o padrão é ligeiramente transladado:

Ou este padrão em que os sentidos das setas são invertidas indo da frente para o verso:

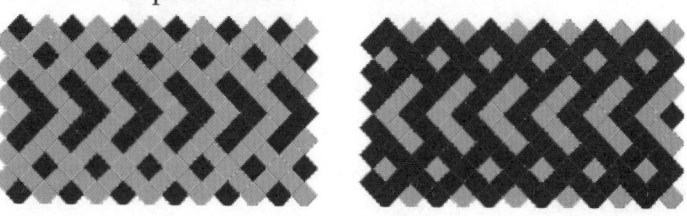

Como é que as mulheres têm inventado estes padrões? Como é que o conseguiram?

Em todos os exemplos vistos até o momento, as mulheres makwe alternaram as tiras das cores nas duas direções de entrecruzamento. Contudo elas criaram muitos outros códigos, por exemplo, escuro-escuro-escuro-claro-claro, alternando, de cada vez, três tiras escuras e duas tiras claras, produzindo padrões como este

cuja imagem no verso é a mesma. Somente no sentido oposto:

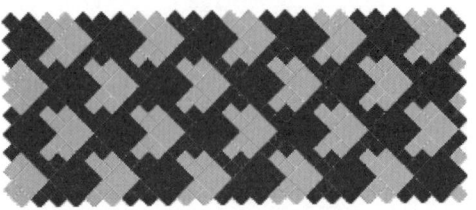

Durante uma exposição, em Abril de 2009, a artesã-artista Idaía Amade (vide-a mascarada na fotografia)

deu-me um pequeno pedaço (10 cm) dum 'mpaángo', ou seja, duma banda entretecida e decorada. As fotografias mostram as duas faces:

O padrão chama-se 'olho da galinha'. Parece uma galinha tão espertinha como a do conto cokwe (capítulo 3). Como é que se conseguiu inventar este padrão de tal modo que o sentido seja invertido indo duma face da banda para a outra e que haja uma pequena deslocação? O padrão tem um período igual a 6: uma tira escura, duas claras, seguidas por mais uma escura e mais duas claras, como o desenho seguinte, rodado sobre um ângulo de 45°, ilustra:

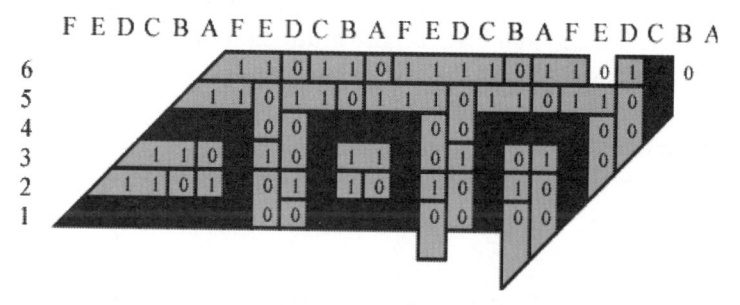

O entrecruzamento das tiras é feito de tal modo, que o movimento da primeira tira horizontal (1) seja o mesmo da terceira tira vertical (C), ou seja 1 = C. Da mesma maneira, 2 = D, 3 = E, 4 = F, 5 = A, 6 = B. Assim, se produz dos dois lados a mesma imagem, ligeiramente deslocada. Como é que se inventou isto?

No desenho, marquei um 1 nos quadradinhos onde a respectiva tira horizontal passa por cima duma tira vertical e um 0 naqueles quadradinhos onde a tira horizontal passa por baixo duma tira vertical. Desse modo obtive um esquema numérico:

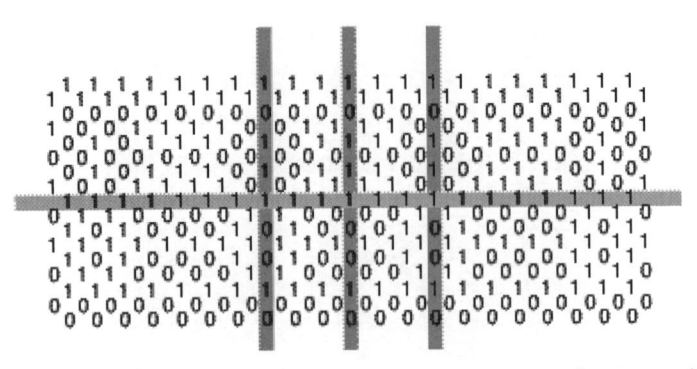

Se retirarmos deste esquema numérico o eixo horizontal de 1's, esse eixo constitui um eixo de simetria. O esquema pode ser estendido tanto para a esquerda como para a direita. Há diversos eixos verticais de simetria (Verifique). Um esquema numérico desta natureza não é uma matriz. Na matemática é chamada uma frisa. Na estrutura simétrica particular desta frisa reside o segredo das esteireiras makwe: explica por que o mesmo padrão aparece nas duas faces da banda.

Frisas constituem um tema recente na pesquisa internacional. Certamente, frisas como a do 'olho da galinha', com propriedades de simetria interessantes e com implicações para bandas entretecidas, desafiarão matemáticos a estudar, a criar, a inventar, ...

Fica a questão de como um padrão tão complexo como o do 'olho da galinha' podia ter sido inventado em algum momento da história...

A cultura dos povos, a cultura dos(as) artistas, a cultura das artesãs e dos artesãos, a cultura ... constitui uma fonte inesgotável para a pesquisa matemática, fonte inesgotável também para a educação matemática. Matemáticos aprendem com a sabedoria das artesãs, dos pescadores, dos camponeses, ... Professores de Matemática de todos os níveis podem aprender também com os seus alunos e alunas, com a cultura que os circunda.

Perspectivas para a educação matemática e a formação de professores

Um ciclo fecha-se, abre-se um outro.

Talvez algum(a) leitor(a) possa pensar que ao apresentar, neste livro, algumas ideias matemáticas novas, falei mais da matemática que da educação Matemática. Mas será?

Pelo menos implicitamente apresentei uma visão sobre educação matemática. Uma educação matemática em que o diálogo professor(a) – estudantes, a experimentação por parte dos(as) aluno(as), a surpresa e a beleza da descoberta e invenção desempenham um papel crucial. Uma educação matemática em que os mais diversos meios podem ser explorados, desde estacas e cordas, papel quadriculado, ... , até computadores. Uma educação matemática que estimula a todos(as). Uma educação matemática que valoriza cada estudante e cada cultura. Uma educação matemática que abre horizontes. Uma educação matemática que promove a cooperação e a amizade

entre as pessoas e os povos. Não é chocante que ainda hoje, em 2010, se lê em propostas de currículo de Matemática de superpotências econômicas, que o ensino da Matemática deve contribuir para aumentar a 'capacidade competitiva no mercado internacional'?

A educação matemática deve ser para o benefício dos povos. Este adágio faz-me recordar uma conferência, em 1982, realizada em Paramaribo, capital do Suriname, sobre educação matemática no benefício dos povos das Caraíbas. Convidado por Ubiratan D'Ambrosio, tive a honra de participar nesse encontro, viajando juntamente com Ubiratan, Eduardo Sebastiani Ferreira e Luiz Dante do Brasil ao Suriname. [15] Foi uma das primeiras conferências onde se debatia a etnomatemática, inclusive a dimensão ético-política do programa etnomatemático. Lá em Suriname, ao lado

---

[15] Um dos participantes era o então ex-ministro da educação, o matemático Ronald Venetiaan, deposto, pouco antes da conferência, por um golpe de estado militar. Hoje, no entanto, ele é o presidente eleito da República do Suriname.

dos debates, adquiri, durante um passeio, um colar, produzido por um(a) 'índio(a)'. O pendente tinha a forma circular com uma estrela regular feita de fios de várias cores brilhantes,

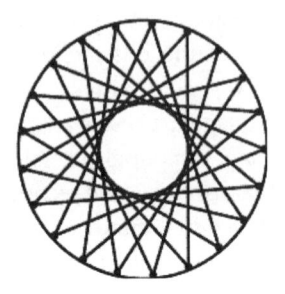

forma similar à representação das matrizes cíclicas alternadas positivas básicas (capítulo 18).

Mais um ciclo fecha-se e, na diversidade cultural, abrem-se novos horizontes para a matemática e a educação.

Anexo
Algumas dimensões do desenvolvimento, durante a formação de professores(as), duma consciência das bases culturais e sociais da Matemática e da educação matemática[16]

Refletindo sobre a minha experiência de formador de futuros professores num contexto multicultural como o de Moçambique, gostaria de apresentar brevemente algumas dimensões para desenvolver nos (futuros) professores uma consciência das bases sociais e culturais da Matemática e da educação matemática:

a) *Matemática como atividade universal*

Matemática é uma atividade universal; é uma atividade pan-cultural e pan-humana. Em todas as culturas o pensamento matemático tem tido lugar, tanto duma maneira espontânea como duma maneira organizada; todos os seres humanos realizam espontaneamente algum pensamento matemático e são capazes de aprender mais. Por outras palavras, a Matemática não é a propriedade de alguma (sub)cultura particular ou dum complexo cultural excepcional, como a Grega, a Europeia, a 'ocidental', a 'branca', a masculina, a dos habitantes de cidades, dos matemáticos, dos professores de Matemática ... É, em particular, importante para professores(as) desenvolverem uma consciência da Matemática como atividade universal para nunca subestimar as capacidades, o saber-fazer e a sabedoria dos(as) estudantes e das comunidades dos(as) estudantes. É importante para formadores de professores(as) ajudarem os(as) estudantes. A eles(as)

---

[16] Tradução da última parte do artigo "On Culture and Mathematics Teacher Education", *Journal of Mathematics Teacher Education*, 1998, v. 1, n. 1, p. 33-53.

podem dar-se exemplos da Matemática nas suas vidas e histórias pessoais. E é importante para os(as) estudantes do professorado verem pessoas como eles(as) próprios(as) a fazer Matemática e a refletir sobre o seu futuro em relação à Matemática.

b) *Desenvolvimento multilinear da Matemática*

As maneiras em que se têm desenvolvido idéias matemáticas dependem do tempo e da cultura, como vimos no exemplo dado de construções de retângulos em zonas rurais de Moçambique. A matemática, como ciência, emergiu sob certas condições econô-micas, sociais e culturais (por exemplo, na cultura helenística) e desenvolveu-se em determinadas direções; e sob outras condições (por exemplo, China, Índia), emergiu e desenvolveu-se noutras direções. Por outras palavras, professores(as) devem estar cons-cientes de que, geralmente, o desenvolvimento da matemática não é *unilinear*, e de que a aprendizagem de idéias matemáticas, mesmo num contexto cultural aparentemente homogêneo, não precisa sempre seguir o mesmo caminho.

Cada povo, cada cultura e cada subcultura, incluindo cada grupo social – por exemplo, cesteiras(os) e oleiras(as) nos exem-plos dados – e cada indivíduo, constrói e desenvolve a sua mate-mática, de certa maneira, *particular*. Quando um(a) professor(a) não está consciente de como diferenças culturais podem gerar desenvolvimentos diferentes na matemática, isto poderá levar a problemas significativos para os(as) aprendizes da matemática.

Embora ideias matemáticas possam ser muito diferentes em várias culturas e em contextos sociais e culturais distintos, ainda é possível descobrir aspectos comuns. Por outras palavras, é possível, na base da experiência e do estudo do(a) professor(a), reconhecer ou compreender aspectos matemáticos em contextos culturais diferentes. Nesse respeito, a matemática apresenta uma certa afinidade com a língua e a música: professores(as) podem reconhecer outras línguas como havendo algo em comum com a sua própria língua, sendo diferente ao mesmo tempo. Embora não a conheça inicialmente, pode aprender a outra língua. Nesse sentido, uma consciência mais profunda do que é a matemática pode ser desenvolvida: a matemática como uma construção histórica-cultural pan-humana – parcialmente independente das expressões particulares usadas para ela em vários contextos culturais – compreensível através dum diálogo intercultural. A formação dos(as) professores(as) pode ser crucial em desenvolver essa compreensão.

Com essa compreensão pode-se desenvolver uma abertura para ideias matemáticas noutras culturas e uma consciência de que experiências e práticas contrastantes (por exemplo, construções diferentes de retângulos) podem enriquecer a concepção de ideias matemáticas por parte do(a) próprio(a) professor(a) e ajudar o(a) professor(a) a encontrar alternativas didáticas.

Uma pré-condição necessária para poder desenvolver uma consciência matemático-cultural e social no seio de futuros(as) professores(as) de matemática é um ambiente educacional em que os(as) formadores(as) de professores(as) não são vistos(as) como a 'autoridade absoluta', em que formadores(as) de professores(as) estimulam a reflexão. Pré-condição é uma experiência durante o período de formação de professores(as) com um contexto que sabe valorizar e enriquecer as raízes dos(as) estudantes do professorado.

c) *Matemática e educação matemática como processos socioculturais*

Desenvolver – no processo de formação de professores(as) de Matemática – uma consciência das bases sociais e culturais da educação Matemática é desenvolver uma consciência das influências dos fatores socioculturais sobre o ensino e a aprendizagem da Matemática. Tentar descobrir e analisar, em conjunto, no ambiente da formação de professores(as), aqueles fatores que influenciaram a sua própria aprendizagem e a dos(as) seus(suas) colegas pode contribuir para aumentar essa consciência.

Ideias matemáticas não se desenvolvem da mesma maneira em todos os grupos sociais (cesteiros, oleiras(os), contabilistas, engenheiros eletrotêcnicos,...). Meninos e meninas podem estar engajados(as) em tipos diferentes de atividades fora da escola, que podem influenciar a sua aprendizagem matemática diferentemente, etc. Um(a) professor(a) que é consciente disto em geral, pode tentar compreender os fatores específicos que influenciam a aprendizagem dos(as) seus(suas) estudantes. E, por conseguinte, a formação de professores deve ajudar futuros(as) professores(as) a tornarem-se capazes de analisar e compreender tais fatores específicos.

Pessoas podem estar a fazer Matemática, podem estar engajadas em pensamento que envolve processos de reflexão matemática sem, no entanto, denominar a sua atividade como 'matemática'; até podem dizer que não sabem Matemática, ou que não são capazes de fazer Matemática. Professores(as) que se tornam conscientes desses fenômenos e das suas razões, não aceitarão sentimentos tais como o "medo da Matemática" e "não tenho capacidade matemática" por parte dos(as) seus(suas) alunos(as) e dos pais dos(as) alunos(as) como natural, normal, ou inultrapassável. Pelo contrário, o(a) professor(a) tentará colocar esses sentimentos no respectivo contexto social, cultural, e histórico, estando motivado(a) a desafiá-los no seu trabalho como professor(a). Por conseguinte, o desenvolvimento dessa capacidade pode ser um ponto focal na formação do(a) professor(a) de Matemática.

Desenvolver uma consciência das bases sociais e culturais da Matemática no processo de formação de professores(as) de Matemática é também desenvolver uma compreensão dos possíveis valores contraditórios na prática da educação matemática. O(A) professor(a) pode pertencer a ou trabalhar em várias (sub) culturas com conjuntos de valores e expectativas possivelmente contraditórios. Por exemplo, um(a) professor(a), convencido(a) de que o conhecimento devia ser acessível a qualquer um(a), pode confrontar-se com um contexto cultural, em que algum conhecimento é segredo, ou é monopolizado como meio de poder ou de sobrevivência econômica. Um(a) inspetor(a) pode esperar dum(a) professor(a), que alguns dos(as) estudantes falham, enquanto para os pais dos(as) estudantes o conceito de falhar ou reprovar é inimaginável: Qual menino deixaria de aprender a caçar ou a tomar conta dum rebanho? Qual menina deixaria de aprender a cozinhar ou a cultivar a terra?

d) *Potencial matemático dos(as) alunos(as)*

Desenvolver uma consciência das bases sociais e culturais da Matemática no processo de formação de professores de Matemática é também desenvolver uma consciência de que todos(as) os(as) estudantes têm todo um potencial, embora alguns(mas) pertencentes a certas (sub)camadas culturais ou sociais (mulheres; grupos étnicos, linguísticos, profissionais, religiosos, etc.) – em particular aqueles grupos que duma maneira ou de outra têm sido oprimidos – possam parecer menos capazes. A questão é de como realizar esse potencial, como desenvolver auto-confiança no meio dos aprendizes. Perguntando aos(as) estudantes para refletir sobre a Matemática que estão a aprender, eles(as) (tal como o(a) professor(a)) tornam-se conscientes das suas próprias ideias matemáticas e da sua capacidade de fazer o que antes pensavam ser impossível. Para além disso, a formação de professores pode alertar os(as) professores(as) sobre como a maneira e o conteúdo do que ensinam enviam mensagens para os(as) seus(suas) estudantes sobre como avaliam as suas capacidades.

Esta consciência dá poder aos(às) professores(as), aumenta a sua autoconfiança, e os(as) faz acreditarem que eles(as) próprios(as) – e os grupos culturais aos quais pertencem – são capazes de produzir e desenvolver Matemática. Uma consciência também de que cada um(a) dos(as) seus(suas) alunos(as) traz consigo conhecimentos e experiências do seu ambiente cultural a partir dos quais o(a) professor(a) de Matemática pode avançar no ensino. Uma consciência de que esta incorporação dos conhecimentos e experiências dos(as) alunos(as) pode, por sua vez, motivá-los e contribuir para a sua autoconfiança e o apoderamento, enriquecendo, ao mesmo tempo, o(a) professor(a) culturalmente.

Referências

ALRO, Helle & SKOVMOSE, Ole. *Diálogo e Aprendizagem em Educação Matemática*. Belo Horizonte: Autêntica, 2006, 151 p.

D'AMBROSIO, Ubiratan. Matemática e sociedade, *Ciência e Cultura*, São Paulo, 28, 1976, p.1418-1422.

D'AMBROSIO, Ubiratan. *Etnomatemática: Raízes Socioculturais da Arte ou Técnica de Explicar e Conhecer*. Campinas: UNICAMP. 1987, 98 p.

D'AMBROSIO, Ubiratan. *Etnomatemática: Elo entre as tradições e a modernidade*. Belo Horizonte: Autêntica, 2000.

ANDREWS, W. S. *Magic Squares and Cubes* (Reedição 1960: Nova Iorque: Dover), 1917.

BARBOSA, Ruy Madsen. *Descobrindo a Geometria Fractal para a sala de aula*. Belo Horizonte: Autêntica, 2002 , 156 p.

BICUDO, Maria Aparecida Viggiani & GARNICA, António Vicente Marafioti. *Filosofia da Educação Matemática*. Belo Horizonte: Autêntica, 2001, 88 p.

BORBA, Marcelo de Carvalho & PENTEADO, Miriam Godoy. *Informática e Educação Matemática*. Belo Horizonte: Autêntica, 2001, 96 p.

BORBA, Marcelo de Carvalho & BUSSI, Mariolina. *The role of resources and technology in mathematics education*, Número especial: ZDM, *International Reviews on Mathematical Education*, v. 42, n. 1, 2010.

FAVILLI, Franco, MAFFEI, Laura & VENTURI, Irene: SONA Drawings: From the Sand to the Silicon, in: Sebastiani Ferreira E. (Org.), *Proceedings of the II International Congress on Ethnomathematics, Summary Booklet*, Ouro Preto, 2002, p. 35.

FIELD, R. *Geometric Patterns from Roman Mosaics and how to draw them*. *Norfolk*: Tarquin Publications, 1988.

FONTINHA, Mário. *Desenhos na areia dos Quiocos do Nordeste de Angola*. Lisboa: Instituto de Investigação Científica Tropical, 1983.

GERDES, Paulus & BULAFO, Gildo. *Sipatsi: Tecnologia, Arte e Geometria em Inhambane*. Maputo: Universidade Pedagógica, 1994, 102 p.

GERDES, Paulus. *Exemplos de Aplicações da Matemática na Agricultura e na Veterinária*. Maputo: Universidade Eduardo Mondlane (reedição 2008: http://stores.lulu.com/pgerdes, 67 p.), 1982.

GERDES, Paulus. On culture, geometrical thinking and mathematics education, *Educational Studies in Mathematics*, v.19, n.3, 1988, p.137-162.

GERDES, Paulus. Desenhos tradicionais na areia em Angola e seus possíveis usos na aula de matemática, *BOLEMA Especial*, Universidade Estadual Paulista, Rio Claro, n. 1, 1989a, p. 51-77.

GERDES, Paulus. Reconstruction and extension of lost symmetries: examples from the Tamil of South India, *Computers and Mathematics with Applications*, Nova Iorque, v. 17, n. 4-6, 1989b, p. 791-813.

GERDES, Paulus. *Desenhos da África*. São Paulo: Scipione, 1990a, 64 p. (Nova edição: Desenhos de Angola. São Paulo: Editora Diáspora, 2010).

GERDES, Paulus. On ethnomathematical research and symmetry, *Symmetry: Culture and Science*, Budapeste, v. 1, n 2, 1990b, p. 154-170.

GERDES, Paulus. *Lusona: Recreações Geométricas de África*. Maputo: Universidade Pedagógica (reedição 2002: Maputo: Moçambique Editora & Lisboa: Texto Editora, 128 p.), 1991.

GERDES, Paulus. *Etnomatemática: Cultura, Educação, Matemática*. Maputo: Universidade Pedagógica (reedição 2010: http://stores.lulu. com/pgerdes), 1992.

GERDES, Paulus. *Geometria Sona: Reflexões sobre uma tradição de desenho em povos da África ao Sul do Equador*. Maputo: Universidade Pedagógica, 3 volumes, 1993/94, 489 p.

GERDES, Paulus. *Une tradition géométrique en Afrique. — Les dessins sur le sable*. Paris: L'Harmattan, 3 volumes, 1995, 594 p.

GERDES, Paulus. *Lunda Geometry: Mirror Curves, Designs, Knots, Polyominoes, Patterns, Symmetries*. Maputo: Universidade Pedagógica (reedição 2007: Morrisville NC: Lulu, 198 p.), 1996.

GERDES, Paulus. *Ethnomathematik dargestellt am Beispiel der Sona Geometrie*. Heidelberg: Spektrum Verlag, 1997a, 436 p.

GERDES, Paulus. On mirror curves and Lunda-designs, *Computers and Graphics*, Oxford, v. 21, n. 3, 1997b, p. 371-378.

GERDES, Paulus. *Women, Art and Geometry in Southern Africa*. Trenton NJ: Africa World Press, 1998a, 241 p.

GERDES, Paulus. Culture and mathematics teacher education, *Journal of Mathematics Teacher Education*, Boston, v. 1, n. 1, 1998b, p. 33-53.

GERDES, Paulus. *Geometry from Africa: Mathematical and Educational Explorations*. Washington: The Mathematical Association of America, 1999a, 210 p.

GERDES, Paulus. On Lunda-designs and some of their symmetries, *Visual Mathematics*, v. 1, n. 1 (www.members.tripod.com/vismath/paulus/), 1999b.

GERDES, Paulus. On the geometry of Celtic knots and their Lunda-designs, *Mathematics in School*, v. 28, n. 3, 1999c, p. 29-33.

GERDES, Paulus. On Lunda-designs and the construction of associated magic squares of order 4p, *The College Mathematics Journal*, Washington DC, v. 31, n. 3, 2000, p. 182-188.

GERDES, Paulus. m-Canonic mirror curves, *Visual Mathematics*, Belgrado, v. 4, n. 1, 2002a. * [16]

GERDES, Paulus. New designs from Africa, *Plus Magazine*, Cambridge (http://plus.maths.org/issue19/features/liki/index.html), 2002b.

GERDES, Paulus. From Liki-designs to cycle matrices: The discovery of attractive new symmetries, *Visual Mathematics*, Belgrado, v. 4, n. 1, 2002c. *

GERDES, Paulus. Symmetrical explorations inspired by the study of African cultural activities, in: HARGITTAI, István & LAURENT, Torvand (Org.), *Symmetry 2000*. Londres: Portland Press, 2002d, p. 75-89.

GERDES, Paulus. Variazioni sui disegni Lunda, in: EMMER, Michele (Org.), *Matematica e Cultura 2002*. Milano: Springer, 2002e, p. 135-146.

GERDES, Paulus. Helix matrices, *Visual Mathematics*, v. 4, n. 2, 2002f. *

GERDES, Paulus. Cylinder matrices, *Visual Mathematics*, v. 4, n 2, 2002g. *

GERDES, Paulus. A note on chessboard matrices, *Visual Mathematics*, v. 4, n. 3, 2002h. *

GERDES, Paulus. *Sipatsi: Cestaria e Geometria na Cultura Tonga de Inhambane*. Maputo: Moçambique Editora, 2003, 176 p.

GERDES, Paulus. On mirror-curves, alternating knots, rope mats and plaited polyhedra. A Foreword, in: ROSSING, Nils Kr. & KIRFEL, Christoph, *Matematisk beskrivelse av taumatter*. Trondheim: NTNU, 2004, p. 9-14.

GERDES, Paulus. Lunda Symmetry where Geometry meets Art, in: EMMER, Michele (Org.), *The Visual Mind II. Boston*: MIT Press, 2005a, p. 335-348.

GERDES, Paulus. Mathematical research inspired by African cultural practices: The example of mirror curves, Lunda-designs and related

---

[16] Os artigos marcados por * estão disponíveis nas páginas: http://members.tripod.com/vismath/pap.htm e http://www.mi.sanu.ac.yu/vismath/pap.htm.

concepts, in: SICA, Giandomenico (Org.), *What Mathematics from Africa?* Milano: Polimetrica, 2005b, p. 29-47.

GERDES, Paulus. *Sona Geometry from Angola: Mathematics of an African Tradition*. Monza: Polimetrica International Science Publishers, 2006a, 232 p.

GERDES, Paulus. Symmetries of alternating cycle matrices, *Visual Mathematics*, Belgrado, v. 8, n. 2, 2006b. *

GERDES, Paulus. On the representation and multiplication of basic alternating cycle matrices, *Visual Mathematics*, Belgrado, v. 8, n. 2, 2006c. *

GERDES, Paulus. *Etnomatemática: Reflexões sobre Matemática e Diversidade Cultural*. Ribeirao: Edições Húmus, 2007a, 281 p.

GERDES, Paulus. Mwani colour inversion, symmetry and cycle matrices, Visual Mathematics, Belgrado, v. 9, n. 3. * (http://www.mi.sanu.ac.yu/vismath/gerdesmwani/mwani.htm), 2007b.

GERDES, Paulus. Mwani color inversion, symmetry and patterns, in: *African Basketry: A Gallery of Twill-Plaited Designs and Patterns*. Morrisville NC: Lulu, 2007c, p. 167-182.

GERDES, Paulus. From the African sona tradition to new types of designs and matrices, in: KONATE, Dialla (Org.), *Proceedings of the International Workshop on Mathematical Modelling, Simulation, Visualization and e-Learning*. Nova Iorque: Springer, 2007d, p. 323-342.

GERDES, Paulus. *Geometria e Cestaria dos Bora na Amazónia Peruana*. Morrisville NC: Lulu, 176 p. (2009 em Inglês), 2007e.

GERDES, Paulus. *Geometria Sona de Angola: Matemática duma Tradição Africana*. Morrisville NC: Lulu, 2008a, 238 p. (Nova edição: São Paulo: Editora Diáspora, 2010).

GERDES, Paulus. *Adventures in the World of Matrices*. Nova Iorque: Nova Science Publishers (Contemporary Mathematical Studies), 2008b, 196 p.

GERDES, Paulus. *Lunda Art*. Morrisville NC: Lulu, 2008c, 20 p.

GERDES, Paulus. *Sipatsi: Basketry and Geometry in the Tonga Culture of Inhambane (Mozambique, Africa)*. Morrisville NC: Lulu, 2009a, 422 p.

GERDES, Paulus. *Sipatsi Images in Colour: A Supplement*. Morrisville NC: Lulu, 2009b, 56 p.

GERDES, Paulus. Exploration of technologies, emerging from African cultural practices, in mathematics (teacher) education, *ZDM, International Reviews on Mathematical Education*, v. 42, n. 1, 2010, p. 11-17.

HE, Matthew. Double helical sequences and doubly stochastic matrices, *Symmetry: Culture and Science*, Budapeste, v. 12, n 3-4, 2004, p. 307-330.

JABLAN, Slavik. Mirror generated curves, *Symmetry: Culture and Science*, Budapest, v. 6, n. 2, 1995, p. 275-278.

JABLAN, Slavik. Mirror curves, in: SARHANGI, R. & JABLAN, S. (Org.), *Bridges: Mathematical Connections in Art, Music, and Science Conference Proceedings*. Winfield: Southwestern College (reproduzido em: *Visual Mathematics*, v. 3, n. 2), 2001*.

JARITZ, Wolfgang. Über Bahnen auf Billardtischen – oder: Eine mathematische Untersuchung von Ideogrammen Angolanischer Herkunft, Berichte der mathematisch-statistischen Sektion im Fors-*chungszentrum Graz*, Graz, n. 207, 1983, p. 1-22.

MAGIDE FAGILDE, Sarifa. *Communication in the Teaching of Mathematics in Mozambique*. Nairobi: Creative Publishing Company, 2007, 135 p.

MONDLANE, Eduardo. *Lutar por Moçambique*. Lisboa: Sá da Costa; (1995) Maputo: Centro de Estudos Africanos; (2009) Maputo: Verdade, 1977.

OBENGA, Théophile. *Les Bantu: Langues, peuples, civilisations*. Paris: Présence Africaine, 1985, 376 p.

PETERSON, Ivars. Sand Drawings and Mirror Curves, *Science News*, Washington DC (www.sciencenews.org/20010922/mathtrek.asp), 2001.

PETOUKHOV, Sergei. Genetic codes I: Binary sub-alphabets, bi-symmetric matrices and golden section, *Symmetry: Culture and Science*, Budapeste, v. 12, n. 3-4, 2004, p. 255-274.

ROSSING, Nils & KIRFEL, Christoph. *Matematisk beskrivelse av taumatter* [Descrição matemática de esteiras de corda]. Trondheim: NTNU, 2004.

SAIDE, Salimo .On the geometry of pottery decoration by Yao women (Nyassa province), in: Gerdes (1998), 1998, p. 203-230.

SCHLATTER, Mark. *Mirror Curves and Permutations* (http://personal.centenary.edu/~mschlat/sonaarticle.pdf), 2000.

SCHLATTER, Mark. Sona sand drawings and permutation groups, in: SARHANGI, R. & JABLAN, S. (Org.), *Bridges: Mathematical Connections in Art, Music, and Science Conference Proceedings*. Winfield: Southwestern College, [reproduzido em: Visual Mathematics, 3(2)*], 2001.

SCHLATTER, Mark. Permutations in the sand, *Mathematics Magazine*, v. 77, n. 2, 2004, p. 140-145.

SCHLATTER, Mark. How to create monolinear mirror curves, *Visual Mathematics*, Belgrado, v. 7, n. 2, 2005. *

VITTURI, Mattia de Michieli & FAVILLI, Franco. Sona drawings, mirror curves and pattern designs, *Proceedings of the 3rd International Congress on Ethnomathematics*, 2006.

ZASLAVSKY, Claudia. *Africa Counts: Number and Pattern in African Cultures.* (reedição 1999) Chicago: Lawrence Hill, 1973, 352 p.

Livro sobre os trabalhos etnomatemáticos de Paulus Gerdes:

* Introducing Paulus Gerdes' Ethnomathematics Books: A Collection of Prefaces, Forewords, Afterwords, and Afterthoughts. Morrisville NC: Lulu, 2009, 134 p.

Outros livros de Paulus Gerdes no domínio da etnomatemática:

* *Pitagora africano: Uno studio di cultura ed educazione matemática.* Milano: Lampi di stampa, 2009, 115 p.

* *L'EthnoMathématique en Afrique.* Morrisville NC: Lulu, 2009, 148 p. [Primeira edição: Maputo: Universidade Pedagógica, 1993, 84 p.]

* (org.) *A numeração em Moçambique: Contribuição para uma reflexão sobre cultura, língua e educação matemática.* Morrisville NC: Lulu, 2008, 186 p. [Primeira edição: UP, Maputo, 1993, 159 p.]

* (co-autor Ahmed Djebbar) *Mathematics in African History and Cultures. An annotated Bibliography.* Morrisville NC: Lulu, 2007, 430 p.

* *Otthava: Fazer Cestos e Geometria na Cultura Makhuwa do Nordeste de Moçambique.* Morrisville NC: Lulu, 2007, 292 p.

* *Basketry, Geometry, and Symmetry in Africa and the Americas,* E-book, Visual Mathematics, Belgrado, 2004 [http://www.mi.sanu.ac.yu/vismath/, 'Special E-book issue' (2004)].

* *Awakening of Geometrical Thought in Early Culture.* Minneapolis MN: MEP Press (Universidade de Minnesota), 2003, 200 p.

* *Le cercle et le carré: Créativité géométrique, artistique, et symbolique de vannières et vanniers d'Afrique, d'Amérique, d'Asie et d'Océanie.* Paris: L'Harmattan, 2000, 301 p.

* *Ethnomathematics and Education in Africa.* Estocolmo: Universidade de Estocolmo, 1995, 184 p.

* (org.) *Explorations in Ethnomathematics and Ethnoscience in Mozambique.* Maputo: Universidade Pedagógica, 1994, 76 p.

* *Pitágoras Africano: Um estudo em Cultura e Educação Matemática.* Maputo: Universidade Pedagógica, 1992, 103 p.

* *Sobre o despertar do pensamento geométrico.* Curitiba: Universidade Federal de Paraná, 1992, 105 p.

* *Ethnogeometrie. Kulturanthropologische Beiträge zur Genese und Didaktik der Geometrie.* Bad Salzdetfurth: Verlag Franzbecker, 1990, 360 p. (Reedição: 2000)

* (Org.: Cristine Keitel, Alan Bishop, Peter Damerow & Paulus Gerdes) *Mathematics, Education and Society.* Paris: Science and Technology Education Document Series Nº 35, UNESCO, 1989, 193 p.

Livros sobre jogos e puzzles (http://stores.lulu.com/pgerdes):

* *Jogo dos bisos. Puzzles e divertimentos.* Morrisville NC: Lulu, 2008, 68 p.

* *Puzzles e jogos de bitrapézios.* Morrisville NC: Lulu, 2008, 99 p.

* *Jogos e puzzles de meioquadrados.* Morrisville NC: Lulu, 2008, 92 p.

* *Jogo de bissemis. Mais que cem puzzles,* Morrisville NC: Lulu, 2008, 87 p.

* *Puzzles de tetrisos e outras aventuras no mundo dos poliisos,* Morrisville NC: Lulu, 2008, 188 p.

* *Enjoy puzzling with biLLies,* Morrisville NC: Lulu, 2009, 248 p.

* *More puzzle fun with biLLies,* Morrisville NC: Lulu, 2009, 76 p.

* *Puzzle fun with biLLies,* Morrisville NC: Lulu, 2009, 76 p.

Outros livros:

* *Aventuras no Mundo dos Triângulos.* Morrisville NC: Lulu, 2008, 114 p. [Primeira edição: Ministério da Educação e Cultura, Maputo, 2005]

* *Os manuscritos filosófico-matemáticos de Karl Marx sobre o cálculo diferencial. Uma introdução.* Morrisville NC: Lulu, 2008, 108 p. [Primeira edição: Universidade Eduardo Mondlane, Maputo, 1983]

* *African Doctorates in Mathematics: A Catalogue.* Morrisville NC: Lulu, 2007, 383 p.

* *Doctoral Theses by Mozambicans and about Mozambique.* Morrisville NC: Lulu, 2007, 124 p.

* (coautor Marcos Cherinda) *Teoremas famosos da Geometria.* Maputo: Universidade Pedagógica, 1992, 120 p.

Posfácio

Foi uma delícia ler este livro. Suas inúmeras contribuições à teorização do artesanato, à formulação e à solução de questões matemáticas de muita elegância e suas importantes implicações para uma pedagogia com fortes raízes socioculturais não foram surpresa. Paulus Gerdes sempre nos brinda com realizações de alto nível, como esta que oferece aos educadores brasileiros.

Conheço Paulus Gerdes há muito tempo. Como bem lembrado por ele no início deste livro, nossa amizade e colaboração data de uma visita que fiz a Moçambique em 1978, em missão da UNESCO.

Ele tem notável carreira acadêmica. Hoje, professor da Universidade Pedagógica de Moçambique e diretor do Centro de Estudos Moçambicanos e de Etnociência (CEMEC), serviu em muitas capacidades, no seu país e no exterior. É um dos mais importantes pesquisadores de Etnomatemática e, procurando sempre as bases históricas e epistemológicas da Matemática e propondo importantes inovações pedagógicas, Paulus conseguiu organizar um grupo grande e muito ativo na investigação etnomatemática, reunindo matemáticos e educadores. As publicações do grupo, principalmente em português e inglês, são um recurso importante para todos os interessados em realizar pesquisas em Etnomatemática em todo o mundo.

Além das atividades acadêmicas de pesquisa, Gerdes está profundamente envolvido com educação, especialmente

Educação Matemática, e a maneira como ele associa a investigação e a educação é exemplar. Graças às suas propostas inovadoras, ele tem sido bem-sucedido em atrair a Moçambique acadêmicos de todo o mundo, interessados em aderir a seus projetos de pesquisa.

Como historiador, Paulus Gerdes tem contribuído amplamente para a compreensão da história das ideias matemáticas, teorias e práticas, no continente africano. Sua preocupação é organizar o contexto histórico das práticas existentes e as teorias encontradas nas culturas africanas, e seu foco principal é uma ampla pesquisa bibliográfica sobre a História da Matemática na África. Os resultados de sua pesquisa têm sido fundamentais para os historiadores da Matemática em todo o mundo. Suas preocupações vão além de identificar outros modelos de pensamento matemático: ele sente que a criatividade pode ser melhorada se for restabelecida a dignidade cultural.

O período pós-apartheid na África do Sul teve inúmeras repercussões em todo o continente africano e representa um novo e importante espaço para o desenvolvimento do potencial criativo das populações nativas. Dessa forma, a Etnomatemática tem-se revelado uma das importantes estratégias para esse renascer da criatividade africana, e Paulus Gerdes tem sido extremamente habilidoso em canalizar esse potencial para formar uma geração de numerosos pesquisadores em Educação Matemática.

Além disso, Paulus Gerdes é responsável por uma mudança de atitude com relação a artesanato e folclore. O artesanato tem sido considerado de menor importância nas reflexões sobre Ciência e Matemática em todo o mundo, e seu aproveitamento em educação tem sido negligenciado. Paulus recupera, a partir da sua pesquisa com artesãos, a importância fundamental do artesanato como base para o desenvolvimento histórico da Matemática e faz das práticas artesã as mais importantes fontes primárias para sua pesquisa, o que revela a sua fundamentação teórica.

O fazer dos artesãos, dos pescadores, dos camponeses, enfim, de todos os grupos que dominam uma prática está baseado num saber que se desenvolveu por árduos caminhos. E Paulus Gerdes reconhece que a cultura dos povos constitui fonte inesgotável para a pesquisa matemática e para a Educação Matemática.

Desse modo, professores de Matemática de todos os níveis podem aprender da cultura na qual eles atuam graças ao que pode lhes ser ensinado pelos seus alunos, que podem mostrar o caminho para se atingir uma prática. Como exemplo, temos a atenção que Paulus dedica às mulheres na evolução da cultura africana.

Isso se aplica igualmente à Matemática Acadêmica e à Matemática Teórica. Como bem destaca Paulus Gerdes no seu livro, ao se estudar uma demonstração, raramente se consegue perceber como é que se descobriu o resultado. O caminho que leva a uma descoberta é, em geral, muito diferente da estrada pavimentada da dedução. Em uma linguagem poética, Paulus nos diz que

> A via da descoberta abre-se serpenteando por um terreno de vegetação densa e cheio de obstáculos, às vezes aparentemente sem saída, até que, de repente, se encontra uma clareira de surpresas relampejantes. E, quase de imediato, a alegria do inesperado "heureka" (gr. "achei", "encontrei") rasga triunfantemente o caminho.

No decorrer do livro, Paulus mostra como realizar descobertas fascinantes, mas deixa claro, contando algo de sua própria experiência de vida, que apenas encontrar uma demonstração ou solução não é o suficiente. Ele quer encontrar uma demonstração ou solução que tenham elegância, que sejam esteticamente mais atrativas e ilustra com o estudo muito elaborado, matematicamente aprofundado, da teoria algébrica das matrizes cíclicas alternadas, sua importante contribuição para alicerçar seus estudos sobre artesanato em bases teóricas sólidas. E, finalizando, Paulus comenta sua experiência de vários anos como formador de futuros professores no contexto multicultural de Moçambique, experiência que contribui para estimular nos professores a busca das bases sociais e culturais da Matemática e da Educação Matemática.

A comunidade de educadores brasileiros, particularmente educadores matemáticos, está sendo privilegiada com a publicação deste livro. Um grande livro, pelo qual agradecemos a Paulus Gerdes e, igualmente, à Autêntica Editora por assumir, por indicação de Marcelo de Carvalho Borba, sua publicação na coleção Tendências em Educação Matemática.

Ubiratan D'Ambrosio

Outros títulos da coleção
"Tendências em Educação Matemática"

A matemática nos anos iniciais do ensino fundamental - Tecendo fios do ensinar e do aprender

Autoras: Adair Mendes Nacarato , Brenda Leme da Silva Mengali , Cármen Lúcia Brancaglion Passos

Neste livro, as autoras discutem o ensino de matemática nas séries iniciais do ensino fundamental num movimento entre o aprender e o ensinar. Consideram que essa discussão não pode ser dissociada de uma mais ampla, que diz respeito à formação das professoras polivalentes – aquelas que têm uma formação mais generalista em cursos de nível médio (Habilitação ao Magistério) ou em cursos superiores (Normal Superior e Pedagogia). Nesse sentido, elas analisam como têm sido as reformas curriculares desses cursos e apresentam perspectivas para formadores e pesquisadores no campo da formação docente. O foco central da obra está nas situações matemáticas desenvolvidas em salas de aula dos anos iniciais. A partir dessas situações, as autoras discutem suas concepções sobre o ensino de matemática a alunos dessa escolaridade, o ambiente de aprendizagem a ser criado em sala de aula, as interações que ocorrem nesse ambiente e a relação dialógica entre alunos-alunos e professora-alunos que possibilita a produção e a negociação de significado.

Análise de erros – O que podemos aprender com as respostas dos alunos

Autora: Helena Noronha Cury

Nesse livro, Helena Noronha Cury apresenta uma visão geral sobre a análise de erros, fazendo um retrospecto das primeiras pesquisas na área e indicando teóricos que subsidiam investigações sobre erros. A autora defende a ideia de que a análise de erros é uma abordagem de pesquisa e também uma metodologia de ensino, se for empregada em sala de aula com o objetivo de levar os alunos a questionarem suas próprias soluções. O levantamento de trabalhos sobre erros desenvolvidos no País e no exterior, apresentado na obra, poderá ser usado pelos leitores segundo seus interesses de pesquisa ou ensino. A autora apresenta sugestões de uso dos erros em sala de aula, discutindo exemplos já trabalhados por outros investigadores. Nas conclusões, a pesquisadora sugere que discussões sobre os erros dos alunos venham a ser contempladas em disciplinas de cursos de formação de professores, já que podem gerar reflexões sobre o próprio processo de aprendizagem.

Brincar e jogar – Enlaces teóricos e metodológicos no campo da educação matemática

Autor: Cristiano Alberto Muniz

Neste livro, o autor apresenta a complexa relação jogo/ brincadeira e a aprendizagem matemática. Além de discutir as diferentes perspectivas da relação jogo e Educação Matemática, ele favorece uma reflexão do quanto o conceito de Matemática implica a produção da concepção de jogos para a aprendizagem, assim como o delineamento conceitual do jogo nos propicia visualizar novas possibilidades de utilização dos jogos na Educação Matemática. Entrelaçando diferentes perspectivas teóricas e metodológicas sobre o jogo, ele apresenta análises sobre produções matemáticas realizadas por crianças em processo de escolarização em jogos ditos espontâneos, fazendo um contrapondo às expectativas do educador em relação às suas potencialidades para a aprendizagem matemática. Ao trazer reflexões teóricas sobre o jogo na Educação Matemática e revelar o jogo efetivo das crianças em processo de produção matemática, a obra tanto apresenta subsídios para o desenvolvimento da investigação científica quanto para a práxis pedagógica por meio do jogo na sala de aula de Matemática.

Descobrindo a Geometria Fractal para a sala de aula

Autor: Ruy Madsen Barbosa

Nesse livro, Ruy Madsen Barbosa apresenta um estudo dos belos fractais, voltado para seu uso em sala de sula, buscando a sua introdução na Educação Matemática brasileira, fazendo bastante apelo ao visual artístico, sem prejuízo da precisão e rigor matemático. Para alcançar esse objetivo, o autor incluiu capítulos específicos, como os de criação e de exploração de fractais, de manipulação de material concreto, de relacionamento com o triângulo de Pascal, e particularmente um com recursos computacionais com softwares educacionais em uso no Brasil. A inserção de dados e comentários históricos tornam o texto de interessante leitura. Anexo ao livro é fornecido o CD-Nfract, de Francesco Artur Perrotti, para construção dos lindos fractais de Mandelbrot e Julia.

Diálogo e Aprendizagem em Educação Matemática

Autores: Helle Alro e Ole Skovsmose

Neste livro, os educadores matemáticos dinamarqueses Helle Alrø e Ole Skovsmose relacionam a qualidade do diálogo em sala de aula com a aprendizagem. Apoiados em ideias de Paulo Freire, Carl Rogers e da Educação Matemática Crítica, esses autores trazem exemplos da sala de aula para substanciar os modelos que propõem acerca das diferentes formas de comunicação na sala de aula. Este livro é mais um passo em direção à internacionalização desta coleção. Este é o terceiro título da coleção no qual autores de destaque do exterior juntam-se aos autores nacionais para debaterem as diversas tendências em Educação Matemática. Skovsmose participa ativamente da comunidade brasileira, ministrando disciplinas, participando de conferências e interagindo com estudantes e docentes do Programa de Pós-Graduação em Educação Matemática da UNESP, Rio Claro.

Didática da Matemática – Uma análise da influência francesa

Autor: Luiz Carlos Pais

Nesse livro, Luiz Carlos Pais apresenta aos leitores conceitos fundamentais de uma tendência que ficou conhecida como "Didática Francesa". Educadores matemáticos franceses na sua maioria desenvolveram um modo próprio de ver a educação centrada na questão do ensino da Matemática. Vários educadores matemáticos do Brasil adotaram alguma versão dessa tendência ao trabalharem com concepções dos alunos, com formação de professores dentre outros temas. O autor é um dos maiores especialista no País nessa tendência e o leitor verá isso ao se familiarizar com conceitos, como transposição didática, contrato didático, obstáculos epistemológicos e engenharia didática, dentre outros.

Educação a Distância *online*

Autores: Marcelo de Carvalho Borba, Ana Paula dos Santos Malheiros, Rúbia Barcelos Amaral Zulatto

Neste livro os autores apresentam resultados de mais de oito anos de experiência e pesquisas em Educação a Distância *online* (EaDonline), com exemplos de cursos ministrados para professores de Matemática. Além de cursos, outras práticas pedagógicas como comunidades virtuais de aprendizagem e o desenvolvimento de projetos de modelagem realizados a distância são descritos. Ainda que os três autores deste livro sejam da área de Educação Matemática, algumas das discussões nele apresentadas, como formação de professores, o papel docente em EaDonline, além de questões de metodologia de pesquisa qualitativa, podem ser adaptadas a outras áreas do conhecimento. Neste sentido, esta obra se dirige àquele que ainda não está familiarizado com a EaDonline e também àquele que busca refletir de forma mais intensa sobre sua prática nesta modalidade educacional. Cabe destacar que os três autores têm ministrado aulas em ambientes virtuais de aprendizagem.

Educação Matemática de Jovens e Adultos – especificidades, desafios e contribuições

Autora: Maria da Conceição F. R. Fonseca

Nesse livro, Maria da Conceição F. R. Fonseca apresenta ao leitor uma visão do que é a Educação de Adultos e de que forma essa se entrelaça com a Educação Matemática. A autora traz para o leitor reflexões atuais feitas por ela e por outros educadores que são referência na área de Educação de Jovens e Adultos no País. Este quinto volume da coleção "Tendências em Educação Matemática" certamente irá impulsionar a pesquisa e a reflexão sobre o tema, fundamental para a compreensão da questão do ponto de vista social e político.

Etnomatemática – elo entre as tradições e a modernidade

Autor: Ubiratan D'Ambrosio

Nesse livro, Ubiratan D'Ambrosio apresenta seus mais recentes pensamentos sobre Etnomatemática, uma tendência da qual é um dos fundadores. Ele propicia ao leitor uma análise do papel da Matemática na Cultura Ocidental e da noção de que Matemática é apenas uma forma de Etno-Matemática. O autor discute como a análise desenvolvida é relevante para a sala de aula. Faz ainda um arrazoado de diversos trabalhos na área já desenvolvidos no País e no exterior.

Filosofia da Educação Matemática

Autores: Maria Aparecida Viggiani Bicudo, Antonio Vicente Marafioti Garnica

Nesse livro, Maria Bicudo e Antonio Vicente Garnica apresentam ao leitor suas ideias sobre Filosofia da Educação Matemática. Eles propiciam ao leitor a oportunidade de refletir sobre questões relativas à Filosofia da Matemática, à Filosofia da Educação e mostram as novas perguntas que definem essa tendência em Educação Matemática. Nesse livro, em vez de ver a Educação Matemática sob a ótica da Psicologia ou da própria Matemática, os autores a veem sob a ótica da Filosofia da Educação Matemática.

Formação Matemática do Professor – Licenciatura e prática docente escolar

Autores: Plinio Cavalcante Moreira e Maria Manuela M. S. David

Nesse livro, os autores levantam questões fundamentais para a formação do professor de Matemática. Que Matemática deve o professor de Matemática estudar? A acadêmica ou aquela que é ensinada na escola? A partir de perguntas como essas, os autores questionam essas opções dicotômicas e apontam um terceiro caminho a ser seguido. O livro apresenta diversos exemplos do modo como os conjuntos numéricos são trabalhados na escola e na academia. Finalmente, cabe lembrar que esta publicação inova ao integrar o livro com a internet. No site da editora www.autenticaeditora.com.br, procure por Educação Matemática, pelo título "A formação matemática do professor: licenciatura e prática docente escolar", onde o leitor pode encontrar alguns textos complementares ao livro e apresentar seus comentários, críticas e sugestões, estabelecendo, assim, um diálogo on-line com os autores.

História na Educação Matemática – propostas e desafios

Autores: Antonio Miguel e Maria Ângela Miorim

Neste livro, os autores discutem diversos temas que interessam ao educador matemático. Eles abordam História da Matemática, História da Educação Matemática e como essas duas regiões de inquérito podem se relacionar com a Educação Matemática. O leitor irá notar que eles também apresentam uma visão sobre o que é História e abordam esse difícil tema de uma forma acessível ao leitor interessado no assunto. Este décimo volume da coleção certamente transformará a visão do leitor sobre o uso de História na Educação Matemática.

Informática e Educação Matemática

Autores: Marcelo de Carvalho Borba, Miriam Godoy Penteado

Os autores tratam de maneira inovadora e consciente da presença da informática na sala de aula quando do ensino de matemática. Sem prender-se a clichês que entusiasmadamente apoiam o uso de computadores para o ensino de matemática ou criticamente negam qualquer uso desse tipo, os autores citam exemplos práticos, fundamentados em explicações teóricas objetivas, de como se pode relacionar matemática e informática em sala de aula. Tratam também de questões políticas relacionadas à adoção de computadores e calculadoras gráficas para o ensino de matemática.

Investigações Matemáticas na sala de aula

Autores: João Pedro da Ponte, Joana Brocardo, Hélia Oliveira.

Neste livro, os autores analisam como que práticas de investigação desenvolvidas por matemáticos podem ser trazidas para a sala de aula. Eles mostram resultados de pesquisas ilustrando as vantagens e dificuldades de se trabalhar com tal perspectiva em Educação Matemática. Geração de conjecturas, reflexão e formalização do conhecimento são aspectos discutidos pelos autores ao analisarem os papéis de alunos e professores em sala de aula, quando lidam com problemas em áreas como geometria, estatística e aritmética.

Este livro certamente levará o leitor a outros títulos da coleção, na medida em que lida com temas como, por exemplo, o papel da informática em investigações e temas relacionados à psicologia da Educação Matemática.

Interdisciplinaridade e aprendizagem da Matemática em sala de aula

Autores: Vanessa Sena Tomaz e Maria Manuela M. S. David

Como lidar com a interdisciplinaridade no ensino da Matemática? De que forma o professor pode criar um ambiente favorável que o ajude a perceber o que e como seus alunos aprendem? Essas são algumas das questões elucidadas pelas autoras neste livro, voltado não só para os envolvidos com Educação Matemática como também para os que se interessam por educação em geral. Isso porque um dos benefícios deste trabalho é a compreensão de que a Matemática está sendo chamada a engajar-se na crescente preocupação com a formação integral do aluno como cidadão, o que chama a atenção para a necessidade de tratar o ensino da disciplina levando-se em conta a complexidade do contexto social e a riqueza da visão interdisciplinar na relação entre ensino e aprendizagem, sem deixar de lado os desafios e as dificuldades dessa prática.

Para enriquecer a leitura, as autoras apresentam algumas situações ocorridas em sala de aula que mostram diferentes abordagens interdisciplinares dos conteúdos escolares e oferecem elementos para que os professores e os formadores de professores criem formas cada vez mais produtivas de se ensinar e inserir a compreensão matemática na vida do aluno.

Lógica e linguagem cotidiana – verdade coerência, comunicação, argumentação

Autores: Nílson José Macado e Marisa Ortegoza da Cunha

Neste livro, os autores buscam ligar as experiências vividas em nosso cotidiano a noções fundamentais tanto para a lógica como para a matemática. Através de uma linguagem acessível, o livro possui uma forte base filosófica que sustenta a apresentação sobre lógica e certamente ajudará a coleção a ir além dos muros do que hoje é denominado Educação Matemática. A bibliografia comentada permitirá que o leitor procure outras obras para aprofundar os temas de seu interesse, e um índice remissivo, no final do livro, permitirá que o leitor ache facilmente explicações sobre vocábulos como contradição, dilema, falácia, proposição e sofisma. Embora este livro seja recomendado a estudantes de cursos de graduação e de especialização, em todas as áreas, ele também se destina a um público mais amplo. Visite também o site *www.rc.unesp.br/igce/pgem/gpimem.html*

O uso da calculadora nos anos iniciais do ensino fundamental

Autoras: Ana Coelho Vieira Selva e Rute Elizabete de Souza Borba

Neste livro, Ana Selva e Rute Borba abordam o uso da calculadora em sala de aula, desmistificando preconceitos e demonstrando a grande contribuição desta ferramenta para o processo de aprendizagem da Matemática. As autoras apresentam pesquisas, analisam propostas de uso da calculadora em livros didáticos e descrevem experiências inovadoras em sala de aula em que a calculadora possibilitou avanços nos conhecimentos matemáticos dos estudantes dos anos iniciais do Ensino Fundamental. Trazem também diversas sugestões de uso da calculadora na sala de aula que podem contribuir para um novo olhar por parte dos professores para o uso desta ferramenta no cotidiano da escola.

Pesquisa Qualitativa em Educação Matemática

Organizadores: Marcelo de Carvalho Borba e Jussara de Loiola Araújo

Os autores apresentam, neste livro, algumas das principais tendências no que tem sido denominado Pesquisa Qualitativa em Educação Matemática. Essa visão de pesquisa está baseada na ideia de que há sempre um aspecto subjetivo no conhecimento produzido. Não há, nessa visão, neutralidade no conhecimento que se constrói. Os quatro capítulos explicam quatro linhas de pesquisa em Educação Matemática, na vertente qualitativa, que são representativas do que de importante vem sendo feito no Brasil. São capítulos que revelam a originalidade de seus autores na criação de novas direções de pesquisa.

Psicologia da Educação Matemática

Autor: Jorge Tarcísio da Rocha Falcão

Neste livro, o autor apresenta ao leitor a Psicologia da Educação Matemática embasando sua visão em duas partes. Na primeira, ele discute temas como psicologia do desenvolvimento, psicologia escolar e da aprendizagem, mostrando como um novo domínio emerge dentro dessas áreas mais tradicionais. Em segundo lugar, são apresentados resultados de pesquisa fazendo a conexão com a prática daqueles que militam na sala de aula. O autor defende a especificidade deste novo domínio, na medida em que é relevante considerar o objeto da aprendizagem, e sugere que a leitura deste livro seja complementada por outros dessa coleção, como *Didática da Matemática: sua influência francesa, Informática e Educação Matemática e Filosofia da Educação Matemática.*

Tendências Internacionais em Formação de Professores de Matemática

Autor: Marcelo de Carvalho Borba (Org.)

Neste livro, alguns dos mais importantes pesquisadores em Educação Matemática, que trabalham em países como África do Sul, Estados Unidos, Israel, Dinamarca e diversas Ilhas do Pacífico, nos trazem resultados dos trabalhos desenvolvidos. Estes resultados e os dilemas apresentados por esses autores de renome internacional são complementados pelos comentários que Marcelo Borba faz na apresentação, buscando relacionar as experiências deles com aquelas vividas por nós no Brasil. Borba aproveita também para propor alguns problemas em aberto, que não foram tratados por eles, além de destacar um exemplo de investigação sobre a formação de professores de Matemática que foi desenvolvida no Brasil.

QUALQUER LIVRO DO NOSSO CATÁLOGO NÃO ENCONTRADO NAS
LIVRARIAS PODE SER PEDIDO POR CARTA, FAX, TELEFONE OU PELA INTERNET.

Rua Aimorés, 981, 8º andar – Funcionários
Belo Horizonte-MG – CEP 30140-071

Tel: 55 (31) 3222 6819
Fax: 55 (31) 3224 6087
Televendas (gratuito): 0800 2831322

vendas@autenticaeditora.com.br
www.autenticaeditora.com.br

ESTE LIVRO FOI COMPOSTO COM TIPOGRAFIA PALATINO E IMPRESSO
EM PAPEL OFF SET 75 G NA TCS SOLUÇÕES GRÁFICAS.